中國兒童文學名家精選（第二輯）

# 會唱歌的畫像

葛翠琳 著

新雅文化事業有限公司
www.sunya.com.hk

現代作家、詩人、兒童文學家冰心（1900 - 1999）

1990 年，「冰心獎」創立，韓素音（左）、葛翠琳（中）
在冰心家中與冰心（右）合影留念。

成功的花

人们只惊羡她现时的明艳

然而当初她的芽儿

浸透了奋斗的泪泉

洒遍了牺牲的血雨

冰心

一九八三

# 目錄

# 情繫中國 (代序)　　　　　　　　　　　葛翠琳

說到冰心獎，自然會想起韓素音來。她的名字和冰心獎是分不開的。

2012 年 12 月 6 日，我曾在《文學報》發表了一篇懷念韓素音的散文。如今，將它放在這套叢書裏作為代序，也是對**冰心獎 25 周年**[①]的一份追憶。因為，韓素音是冰心獎的創立人之一。

羣樹綠葉尚未變色，突然雪花飄飛，樹冠和草地披了一層白。雪水從樹枝樹葉滴灑下來，路面出現冰凍，寒氣襲來，頓覺清冷。這時傳來韓素音辭世的消息，心中悵然，彷彿身在夢中。

那樣一位精力充沛、熱情飽滿的女作家，真的永遠離開了我們？

曾記得，創立冰心獎時，我們必須先申請註冊，然後才能辦理開戶、刻公章等一系列的繁雜手續。這一切必須先有房子作為登記地址。當時**商品房**[②]還沒有

---

[①] 冰心獎 25 周年：冰心獎於 1990 年創立，為一年一屆。本序中所述之 25 周年時為 2015 年。

[②] 商品房：由房地產開發商統一設計和建造，作為商品出售的房屋，通常是作為居民住宅，類似香港的私人屋苑。

流行，困境可以想像。韓素音決定把她的私人房產，隔斷一間出來作為冰心獎辦公用房，這令我十分感動。韓素音在北京原有過一處房產，是獨院平房，「文革」中被侵佔，「文革」後政府落實政策，補給她幾間平房。這處房產坐落在**西四**①一個胡同裏，是一進三層的大院，中間的單獨小院給了韓素音，幾間平房相互通着。臨院門的一間隔斷開來作為冰心獎辦公室，雖是平房，卻有衛生設備，還分成裏外間，這在當時確實難得。韓素音真誠地為我辦了親筆簽字的手續。這件事在相當長的一段時間裏，為冰心獎的創立解決了一項實際困難。

後來，我考慮韓素音本人並不在中國居住，將來處理這私人房產時，切割出來的這一間會對她造成不便，我就把這間房子退還了她。她驚奇地說：「你知道嗎，多少人想着這房子？你已用着這房，怎麼還退回來？」

我說：「房子的事，早晚你要處理，不想給你留下麻煩。」

韓素音是個慷慨熱情的人。冰心獎創立初期，吳作人美術獎國際基金會成立，首屆頒獎會在北京飯店

---

① 西四：為西四牌樓的簡稱，在今北京市西城區。

舉行，與會人坐成圓桌形。韓素音到場時活動已經開始，她就坐在後門旁我們這一桌，我忙讓工作人員傳話給吳作人老師的夫人蕭淑芳老師，不一會兒，有人來請韓素音上主席枱就座。她推辭，我說：「你去坐主席枱吧，否則蕭老師還要親自來請你。」她匆忙囑咐我：「冰心獎頒獎會一定要擺一排排座位，千萬不要擺單桌，大家精神不集中，會場難控制。」我回答知道了。所以冰心獎頒獎會會場從未擺過分桌座位，會議時間也不超過兩小時。開始幾年，在人民大會堂舉辦頒獎會，後來在釣魚台國賓館芳菲苑舉行，韓素音都親自參加，而且每次都發表熱情洋溢的講話。最初幾屆評出的獲獎作品，她都看過，還問過獲獎作者的情況。她為冰心獎獲獎作品寫的諸多題詞，大部分我在浙江少年兒童出版社主編的《冰心兒童文學新作獲獎作品集》序言裏提過了，這裏不再重述。

韓素音最後一次來北京，我們一起去醫院看望冰心。回來她對我說：「冰心是令人羨慕的，近百歲的人，心情平靜地躺在醫院裏安度晚年。有事作家協會派人來解決，家屬來看望，作家協會會派車。外國的作家進入老年，哪有什麼機構管你？」

我說：「你可以久住中國呀。」

她説：「我的故鄉是中國，但我要永久居住在中國，還是需要許多手續的。」

因為這不是我能發表意見的事，便閉口不再談論。

曾記得，在北大舉辦韓素音青年翻譯獎頒獎會，季羨林老師主持會議，並領導此項工作，所以用車、場地安排等諸項都順利。頒獎會人數不多，卻莊重熱烈、輕鬆愉快，會後在餐廳推出茶几高的大蛋糕，氣氛被推向高潮。韓素音説：「他們的做法你可以參考。」

我注意到此項活動中獲獎證書是蓋方形人名章，這對獲獎者或許更具紀念意義。於是會後我請韓素音、冰心二人為冰心獎提供了親筆簽名，並刻印製成了簽名章，以供冰心獎頒獎備用。韓素音還認真地寫下了英文和中文名字。如今這兩個簽名章，竟成了兩位老人為冰心獎留在世上的珍貴手跡了。

曾記得，1982 年，我去瑞士參加兒童書籍國際獎評委會會議，先是住在旅館裏，韓素音去看我，説：「這裏的人多是講法語，評委會的説明資料也大多是法文，你不如先住在我家中，我可以翻譯給你聽，你也幫我處理一批中國的來信。」我的英文水準還是新中國成立前在燕京大學讀書時的基礎，法文沒學過，韓素音對我幫助很多。

她的家只是一套普通的二居室樓房，一間臥室，一間書房，一間客廳兼餐廳，二衛一廚。書櫃都擺放在長長的樓道裏。

客廳裏有一套沙發，一張餐桌，一個小打字桌。令我感到意外的是，任何房間都沒有電視機。我住在她家的書房中，她就在客廳裏寫《周恩來與他的世紀》一書。堆擺一尺多高的中文來信，她沒有秘書，真難為她了。我讀給她聽，並幫她寫了回信。其中有中國歐美同學會的信，通知她交會費。我說回京後替她回個電話就行了。她說那樣不禮貌，還是回封短信，再帶一張支票好。我照辦了。

韓素音笑說：「人們傳說我家像王宮，有廚師，有司機，你看，哪裏有？只有鐘點工每周來打掃衛生。」

瑞士兒童書籍國際獎的主席希望獲獎者所獲獎金由一位伯爵夫人捐贈，這事特請韓素音協助完成，韓素音熱心公益事業，就答應下來。韓素音和我去參加伯爵夫人的午宴，我們是乘火車去的，伯爵夫人的莊園是似曾在歐洲電影中看過的貴族莊園，園外樹林茂密。有位女記者開車來赴宴，見到韓素音就請我們上車，小汽車在林中路上開了不短的時間，才到宮府門

口，早有侍者在門外等候。伯爵夫人很富有，有私人飛機、私人銀行……她本人服飾卻很簡樸。午宴也只有幾樣菜，由侍者送到賓客面前，盤中備有叉勺，客人根據需要自取菜量放入自己盤中，最後每人一杯飲料。就在這交際餐敍的活動中，韓素音取得伯爵夫人的同意，捐贈給了瑞士兒童書籍國際獎一筆錢。回程中快到家的時候，韓素音帶我到意大利餐館吃了些麵食，因我豬牛羊肉都不吃，午宴只取些蔬菜沙拉，她怕我沒吃飽，這説明她是個很細心周到的人。我們一路交談，她向我詳細介紹了這次活動的構想，並感慨地説：「人們都讚賞北京燕園的價值，當初司徒雷登就是一次又一次地在國外尋求贊助，才建成燕園的。如今還有誰記得他？但燕園留下來了，一代又一代的精英從那裏走出來……」

後來，冰心獎的許多機制，都借鑒了瑞士兒童書籍國際獎評獎的規則。

瑞士兒童書籍國際獎評獎工作結束，我去巴黎訪問，韓素音給我一筆法郎。我説：「用不着。」她説：「你一個人出國，不像隨代表團出訪，事事都有人安排好，跟着走就行了。可那樣你永遠鍛煉不出來。你要自己跑，自己處理各樣問題。」她還

給了我一沓①公交車票，乘一次車，使用一張。

在巴黎，食宿交通等接待單位都為我安排了，所以韓素音給我的法郎一分沒用，回到瑞士我又全部退還給她了。她說：「別人出國都買許多東西帶回去，你不買些什麼？」我說：「我什麼也不需要。謝謝你。」她笑說：「接待你太簡單了，幾口蔬菜就夠。」

將要回國的時候，韓素音讓我陪她去商場買東西。我問她要買什麼？她說：「你幫我看看。」逛了半天，她問：「你看什麼東西好？」

我說：「你需要什麼買什麼，如果不需要，東西再好，買了也沒用。」最後，她選了一個紅色小皮包，問我：「你看怎麼樣？」我說：「很輕巧，挺實用的。」她說：「就買它吧！」即刻付了款。

我回國向她告別時，她拿出了那隻紅色小皮包，說：「這是給你買的。」我不肯收，說：「你留着自己用吧。」她堅持送給我，說：「帶回去留個紀念吧！」

這小小的皮包，在我身邊多年，皮包雖小，卻盛滿了真摯的友誼。

韓素音在中國熟識不熟識的朋友有多少，誰說得清呢？但韓素音對誰都是真誠相待的。

---

① 沓：粵音「踏」。量詞，作為計算重疊的書、紙的單位。

她曾出錢選送多人去英國留學，王炳南同志的夫人姚淑賢大姐就曾幫她管理這筆基金多年，辛苦地義務勞動着。

曾記得，冰心獎創立初期，為了答謝燕山石化企業捐贈資金，雷潔瓊老師和韓素音親自出面去遠郊廠區訪問，並參觀廠辦小學和幼稚園，慰問教師和孩子們。石化企業的領導海燕同志全程陪伴我們，我準備了玩具、圖書，還有一把二尺多長的素面摺扇代替簽名簿。韓素音興致勃勃地和海燕同志交談。海燕同志的父親也是燕京大學的校友，這使兩位老人倍感親切，歡聲笑語不斷。韓素音和雷老師從一大清早出發直到傍晚才回，我幾乎是筋疲力盡地勉強支撐下來，真難為兩位高齡老人了。

韓素音為中國的公益事業東奔西跑，花費了多少心血！「中外科學基金獎」、「彩虹獎」、「中印友誼文學獎」……凝聚了她對中國的一片真情。怎不令人敬佩！

韓素音晚年是寂寞的，獨自一人寡居在瑞士，年節的日子裏甚是淒涼。通電話時她反覆問：「記得我的地址嗎？沒有改變。你那兒是白天的時候，這兒是夜裏，我在睡覺。這裏的白天，北京是夜間，你要睡覺。

打電話不方便，你寫信！」

可我寫了中文信，又有誰讀給她聽呢……

朗朗笑聲猶在記憶中迴盪，如今她已是隔世的人了。但願在另一個世界裏，她能和冰心、雷潔瓊諸多老朋友快樂地相會。

瑞士洛桑的那串電話號碼，不再傳送韓素音的聲音了，只留在電話簿裏，標示着她曾經的歲月。

37. Montoie Lausanne100 ＞ SwitzerLand 這個地址，不會再接收她的信函，但會留在歷史裏：著名英籍華人女作家韓素音曾在這裏度過她的後半生，她的許多作品，從這裏走向了世界。


韓素音曾為冰心獎寫過不少題詞，她對冰心獎獲獎作者懷有真誠的期待，這裏錄下幾句她寫給小讀者的話：

> 小朋友們
>
> 你們是我們的明天
>
> 我們是你們的昨天
>
> 但我們的工作並沒有終結
>
> 讓我們攜起手來，一起創造
>
> 一個更美麗的中國

一個更文明的世界

冰心獎創立 25 周年了，一輩又一輩獲獎作者湧現出來。未來，獲獎作者的名單還會越來越長。期望作家們的作品在小讀者心中扎根。

冰心獎，一個美麗的童話夢。

眾多出自愛心的手牽在一起，使這童話夢變成了現實。

兒童文學事業，是需要集體培育的事業。

# 01
# 老人和孩子

　　柔和的光線映照在一幅幅畫面上，莊嚴的大廳雖然人羣流動往返，卻像幽谷一般寂靜。所有的聲音彷彿都給那輕柔的白紗窗幔吸吮融化了，像雪花悄悄地消失，無聲無息。大大小小的畫框裏，動人的畫面吸引着許多專注的目光，特別是一幅黑色鏡框裏的畫像，像磁石吸鐵一樣牽住了眾多移動的腳步。人們久久靜立，仰首凝視。畫像和觀眾融為一體，佇立在靜穆的大廳裏構成了羣像。為什麼一道道眼光聚集的焦點投射在這幅畫像上？

　　這是一個老人的頭像，瘦削的面龐布滿的深深皺紋，像乾枯地面的裂痕。然而，那一雙炯炯有神的眼睛射出利劍般的光芒，一下子穿透人的心靈，又像深夜耀眼的星光，在心靈的空間閃爍。

　　人羣默默地移動，川流不止，像起伏的波浪，湧流向前，無聲地聚集，無聲地散開，擁擠而不喧鬧。

激動的情感在眼睛和心靈之間交流，時光也悄悄地移動變化。不知不覺中，窗外漸漸地暗了，彷彿濛濛的霧彌漫開來，一切都變得模糊了。大廳裏，人羣逐漸散去，顯得更加空曠寂靜。月亮悄悄向窗內窺望，清涼的月光灑滿大廳，彷彿優美的夢境。突然，一個小姑娘跑進大廳裏來，向着黑鏡框裏的畫像連連招手説：

「我認識您！您認識我嗎？」

鏡框裏的老人沉默不語，只有一絲笑容從嘴角閃過。

「我想知道，您在鏡框裏多久了呀？」

老人不言不語，只有慈祥的微笑，從臉上閃過。

「老爺爺，人們都尊敬您、羨慕您，多好呀。我要進到鏡框裏去，您肯幫助我嗎？」

老人的臉上閃現一絲驚異，眼光變得嚴肅起來。

「答應了吧！我太想進鏡框裏去了，天天都想，夢裏也想呢⋯⋯」

老人歎了口氣，面孔變得深沉莊嚴，蒼老的聲音脱口而出：

「孩子，我可以滿足你的願望，但你會後悔的！」

小姑娘連聲叫着：「不，不，不⋯⋯我不後悔，決不後悔。」

老人深深歎了口氣，慢悠悠地説：

「孩子，你還不懂得生活。漫長的人生道路，我是一步一步走過來的。一連串沉重的腳印兒像一條結實的鎖鏈，通向這小小的鏡框裏，將我牢牢地拴住。但我的道路還在繼續，遠遠沒有結束。不過，我可以讓你代替我一段時間⋯⋯你可以明白許多道理。」

「太好了，讓我馬上跳進鏡框裏去吧。」

彷彿一片落葉飄下，彷彿一縷輕煙飛散，老人從鏡框裏輕輕地走下來，一雙有力的大手，像蒲團一樣把小姑娘托起，把她穩穩地放進鏡框裏。

# 02
## 具有魔力的
## 「我要……」

　　小姑娘是獨生女。爸爸、媽媽愛她，爺爺、奶奶愛她，外公、外婆愛她，所有愛這個家庭的人都愛她。她長得漂亮，媽媽很會打扮她，火紅的小皮靴子、雪白的紗衣裙、閃光的項鏈**髮卡**①、色彩豔麗的綢帶，她像小公主一樣在很多場合接受親切的微笑和祝願。她從小是用香甜的蜜汁餵大的。脆甜的金梨、清香的蘋果、多汁的葡萄、新鮮的蜜桃，好像會及時地自己跑到小姑娘面前。她有吃不完的好東西。小姑娘很聰明，畫畫、彈琴、唱歌、跳舞，參加游泳比賽，得過不少獎狀，受到很多稱讚。小伙伴們羨慕她，老師喜歡她，爸爸、媽媽因為有這樣的女兒很自豪。她太幸福了，難怪她的名字叫甜杏兒。

　　杏兒一天天長大，她習慣了接受笑臉和掌聲。陪伴她的禮物得來太容易，她並不珍惜。她有一句不離

---

① **髮卡**：髮飾。

嘴的話，就是：「我要⋯⋯」這口頭語就像一把萬能鑰匙，可以滿足她任何願望。

「我要，我要⋯⋯」

小自行車啦，望遠鏡啦，會自動奏樂的洋娃娃啦，一摞摞的故事書、畫冊、錄音帶啦，一米高的大熊貓啦，許許多多可愛的東西，隨着一聲聲「我要」，便進到甜杏兒家裏。她的玩具堆滿了屋子的各個角落，塞滿了大大小小的櫥櫃，甚至吊在窗前、屋頂、牀頭上。她的家像一個貨色齊全的兒童商店。

「我要⋯⋯」真是一把具有魔力的金鑰匙。

# 03
# 蠶寶寶

　　杏兒幾乎被閃光的絲網圍了起來。這網柔軟而又透明，一般人看不見它。這網保護着小姑娘，使她摔倒了也不會疼痛受傷。杏兒生活得很舒服，她的需要都有人為她準備好，安排妥當。許多同齡的孩子羨慕她。她像一隻包在絲繭裏的蠶。那美麗舒適的繭，卻是別人費盡心血為她織就的。好心的人們嘔心瀝血地為她吐的每一根絲，編織成一個安全而又牢固的小繭子，將杏兒完全封閉在裏邊，除非她變成飛蛾，咬破絲網，否則她不可能從繭裏衝出來。這繭是何等嚴密！足以把蠶兒悶死在裏邊。但織繭的人們似乎沒有想到這些，或者根本就沒朝這方面想，他們的心思完全集中在如何使蠶繭更結實。某些聰明人送了杏兒一個意味深長的綽號：「蠶寶寶」，簡稱就是「蠶兒」。這名字使許多人驚歎，甚至迷惑不解，不過，這名字只是在背後悄悄講起，小姑娘自己卻從來沒聽到過。

杏兒每天去上學，總由爸爸、媽媽親自送到學校、送進教室，爸爸、媽媽為她拿着書包，提着漂亮的水壺、水杯。奶奶呢？為她熨好手絹裝進衣兜裏，有擦眼睛用的白手絹、擦嘴用的黃手絹、擦手用的綠手絹，區分得很清楚，上邊都用絲線繡了杏兒的名字。還有疊得整齊的衞生紙，也分別塞進書包的外邊口袋裏。還有巧克力糖、煮熟的雞蛋、洗乾淨的蘋果、麥乳精、維生素藥片，一樣樣地用塑膠袋包好，裝進尼龍袋裏，這是為杏兒準備的**課間加餐**①營養品。

　　走在上學的路上，杏兒又蹦又跳，好像飛出籠的小鳥兒，可媽媽不斷地發出呼叫：

　　「哎呀！別跑那麼快，摔着了可不得了……」

　　「小心眼睛碰到樹枝上……」

　　到了教室門口，還要一遍一遍地囑咐：

　　「別忘了喝水！」

　　「吃蘋果削皮時，當心小刀劃破了手。」

　　「千萬別用髒手揉眼睛！」

---

① **課間加餐**：有些中國內地的學校會在課堂之間，為學生提供膳食以補充營養和體力。學生也可以自攜食物回校。

如果是爸爸，總要重複一句話：「別忘了媽媽的囑咐！」

　　放學回家的路上，那就更有回答不完的問題：

　　「有人欺負你嗎？」

　　「帶的東西都吃了嗎？」

　　「上課注意聽講了嗎？」

　　「今天留的作業都記住了嗎？」

　　「和你一起玩的孩子叫什麼名字？學習成績好嗎？愛打架罵人嗎？她爸爸、媽媽是幹什麼的？」

　　「你們班上的同學、老師都喜歡誰？」

　　「這次考試得了多少分兒？」

　　「怎麼又要你值日？不是做過一次值日了嗎？」

　　「不要請同學到咱家來玩……」

　　家裏的人，總想把她和大家分隔開來。彷彿接近她的人都會帶來危險和麻煩。她時時刻刻都要小心謹慎，不要違反了親人們規定的禁律。雖然吃得好、喝得好，杏兒卻不快樂，她的生活不輕鬆。親人在她腦子裏鑄造了一個堅固的概念：要成為一個不平凡的人！

# 04
## 春天，春天……

即將舉辦大型兒童畫展覽和評獎。

「誰能把春天畫出來？」

幾十雙小手高高舉起。

老師笑了，她等着看孩子們創造的春天。

杏兒希望畫一張美麗的圖畫。親人們更盼着她成功。全家對她的畫能獲獎、得到稱讚，表現出過分的熱心。爸爸買來最好的水彩和畫筆。選用什麼樣的畫紙效果最好？媽媽和爸爸反覆爭執，擾得杏兒頭都暈了。奶奶一遍又一遍地為她擦桌子，把**洗筆池**[①]洗得乾乾淨淨，盛滿了水，爺爺還為她準備了鎮紙。杏兒坐在桌前，幾雙眼睛盯着她，彷彿在看她變戲法兒一樣。杏兒就是低頭看着桌面，也能感覺到那難以忍受的目光。時鐘滴答滴答地響，長針繞了一圈兒又一圈兒。杏兒面前的畫紙仍然是一片空白，一條線也沒畫

---

[①] 洗筆池：用來盛載水，清洗畫筆的容器。

出來。媽媽時而從她身邊走過，臉上充滿渴望，焦躁的神情明顯表露出來。媽媽雖然不曾講話，但她的目光彷彿是一條條鞭子抽打在杏兒身上。奶奶甚至忍不住一遍又一遍地問：「還沒畫出來？」爸爸不聲不響地坐着吸煙，時不時地望杏兒一眼，彷彿是監考的老師。所有人的神態、目光和情緒，聚成濃重的雲團壓下來，周圍的空氣似乎都凝固了，使得杏兒透不過氣來，手腳也變得僵硬。

多麼美好的星期天！全家人卻盡心盡力地陪同杏兒受罪。每個成員都放下了自己本該去做的事，辛苦地坐在這裏熬時間。街頭孩子們的嬉鬧聲，具有強烈的吸引力。小鳥在枝頭盡情地啼唱，彷彿在熱情地召喚。柳絮探頭探腦地從窗外飄飛進來，尋找落腳點，卻被沉重的氣氛嚇跑了。遊遊蕩蕩的白雲，顯得自由自在，引得杏兒非常羨慕。杏兒呆呆地坐在桌前，什麼也畫不出來。

午餐非常豐富，燉了雞、炸了蝦、燒了魚、炒了貝肉，還有鮮嫩的青菜、美味可口的湯。奶奶不住口地勸說：「多吃、多吃，營養最要緊。」媽媽連續往

她碗裏夾菜，簡直想把滿桌菜餚塞進她的口中。全家人都望着她，「吃吧！吃好了再畫！」一聲聲叮念着，好像這些好東西吃進她的肚子裏，就會變出最美的畫來。結果，她的胃口完全敗壞了，她只勉強喝了幾口清湯。這使全家人惶惶不安，空氣立刻緊張起來。奶奶摸她的頭，媽媽轉身取來了體温表，爸爸趕緊削蘋果，大家圍着杏兒團團轉。杏兒覺得累極了，閉上眼躺倒在牀上，頭昏昏沉沉，就像背着一塊大石頭爬山，氣喘吁吁，可又不能停住腳……

杏兒睡到傍晚才起來，洗了臉，喝了酸甜的飲料，又坐到桌子前，拿起畫筆望着畫紙，一家人更加小心翼翼地守在旁邊。屋子裏一片寂靜，連走路都慢慢地，開門關門都輕輕地，接電話的聲音都很低很低。不了解情況的人，可能會以為這家中有重病人呢。

杏兒努力不去注意身邊的人，不去想媽媽、奶奶。慢慢地，她的精神集中在畫上，她畫了紅彤彤的太陽，還畫了幾隻小鳥兒在空中飛，樹枝在招手……

「哎呀，小鳥怎麼能離太陽那樣近？！」媽媽從身後發出一聲驚叫，嚇了杏兒一跳。爸爸立刻奔過來，

睜大眼睛，仔細地觀看畫紙，彷彿眼前是一張作戰圖。

「太陽的光線太粗了，比樹枝還粗呢！」爸爸認真地説。

「小鳥怎麼能是黃色的呢？成了小雞仔兒了。你呀你，真會胡思亂想……」

杏兒給小鳥塗了紅顏色，媽媽像被馬蜂蟄了一樣，尖聲叫起來：

「鳥兒怎麼能是紅色？又不是公雞！」

杏兒給小鳥塗了黑色。

「哎呀，成了黑烏鴉了。而且，那圓滾滾的，還不從天上掉下來……」

媽媽的叫聲，使杏兒不知怎麼辦才好。何況，爸爸還在幫腔。

「杏兒，太陽下邊這麼一大片空白，什麼東西也沒有？」

「我還沒畫呢！」杏兒小聲嘟噥着，淚水在眼睛裏打轉。

「好好畫！這可是比賽。」爸爸的眼光像命令。

「要得獎！」媽媽的語氣不容辯駁。

他們都是愛女兒的，但他們把得獎和比賽，看得比女兒本身還重要。

「你們就不能幫幫孩子？告訴她怎麼畫好，不就行了？」

奶奶急了，發出嚴厲的責備。

「這不，給她買了這麼多畫冊、畫書。」爸爸忙着表白。

「杏兒，照着書上畫，不就得了！」奶奶想出個好主意。

「不行的！老師要我們自己畫！」杏兒撅着嘴。

「當然不行！照書上畫，要是得了獎，算誰的呢？」媽媽考慮得很多。

「完全照書上畫也不會得獎。創作，就是要自己創作……」爸爸慢言慢語地說。

「唉！可真難為孩子了。」奶奶心疼地摸摸杏兒的頭。

「快畫吧！一天過去了，大家都陪着你。」爸爸又無可奈何地坐下。

「你也不笨哪！畫張畫怎麼這麼費勁！」媽媽還

堅持站在杏兒身邊。

　　杏兒看着塗得不像公雞不像烏鴉的鳥兒，心中一陣悲哀。「春天，春天……一點兒也不快樂！」滴滴淚水從臉頰上滾落下來。

# 05
# 悲哀的快樂

　　杏兒的圖畫獲了獎，而且是第一名。這是意外的快樂。

　　但這快樂是悲哀的。學校在課間操時間，特意向全校師生宣布這一消息，還讓杏兒走到前邊去，站在喊體操口令的老師身邊，讓大家認識她。這表示一種榮譽。幾百雙眼睛盯着她，就連同班的同學們，也像是從不認識她似的，都用完全陌生的眼光望着她。熱烈的掌聲，使杏兒不知所措，手腳不知怎麼放才好，頭也不敢抬。那樣子，不像是光榮地獲獎，倒像是犯了錯誤在受懲罰。她不敢望大家的眼睛，彷彿自己做了什麼虧心事一樣，心裏怦怦亂跳，滿臉通紅，一顆顆汗珠像雨滴般掛在前額，全身沒勁兒，就像中了暑一樣。

　　「天哪！我可千萬別暈倒了，大家都在看着我……」杏兒在心中默默地叨念着。

主任説杏兒為學校爭得了榮譽，所以給她佩戴一朵小紅花。大家又熱烈鼓掌。小紅花像火苗一樣燒着她，使她呼哧呼哧地直喘氣。她簡直不知道是怎麼走回自己隊伍行列中的。直到體操開始以後，伸伸胳膊，彎彎腰，踢踢腿，全身才漸漸輕鬆自如些。

體操結束，外班的同學把杏兒圍起來，唧唧喳喳地吵着問她：

「你學畫幾年了？」

「誰是你的美術輔導老師？」

「你獲獎的圖畫畫了幾天？」

「你事先想到會獲獎嗎？」

杏兒不知怎麼回答，呆呆地望着大家，像個傻孩子。

「真驕傲，得了獎就不理人⋯⋯」

一個女孩不高興地嘟噥着。

「就是！大家問了這麼多，她一句也不回答。太驕傲了，幹嘛呀！」

「不，不⋯⋯我不知道怎麼説⋯⋯」

杏兒嚇壞了，急忙解釋，卻講不清楚。驕傲兩個

字扔過來，她的頭上就像壓了一塊大石頭，那分量可
夠重的。杏兒幾乎要哭了。

「那你就給我們表演畫畫兒！」

口齒伶俐的小姑娘貝貝，不容回絕地提出要求。

「對！表演畫畫。」男女生異口同聲地附和着。

「老師！老師！我們要求獲獎的同學給大家表演
畫畫兒！」

貝貝跑到班主任面前請求。

「好吧！請獲獎同學給大家做示範表演。」

「不，不⋯⋯」杏兒小臉蒼白，恨不得逃開。

大家迷惑不解地望着杏兒，臉上一副驚訝和不滿
的神情。

「這可不好！怎麼能拒絕同學們對你的要求
呢？」

班主任用教訓的口吻說。

杏兒惶惑不安地看着大家，不知該怎麼辦才好。

這比在爸爸、媽媽、奶奶面前畫畫還要困難，
甚至可以說沒辦法畫出來。但是面對老師和同學的眼
光，她不敢講出心裏話。她像一頭跌進獵網裏的小鹿，

拚命掙扎，卻怎麼也衝不出來。誰也不知道，她畫畫獲獎曾經歷了何等艱難的過程。

在全家人失望的眼光下，杏兒望着桌上沒有留下一筆一畫的白畫紙，頭也不敢抬地站起身來，悄悄回到自己屋中，撲倒在牀上。這一天她太累了。隔着緊緊關上的屋門，她也能感到親人們那使人難堪的神情。

家中籠罩着一種令人不安的靜默氣氛。杏兒覺得這比受責備還難受。她聽到大家都不聲不響地去睡了，心中一點兒也沒有輕鬆起來。她仰面躺着，天花板一片空白，就像她那張沒畫出圖畫來的畫紙，可憐巴巴地對着她。春天，好像一個遙遠的夢……

「春天的聲音一定很美，我要尋找春天的聲音。」

「春天的顏色一定很美，我要尋找春天的顏色。」

杏兒在心中默默自語。

「可在這小小的屋子裏，怎麼能找到春天的聲音和顏色呢？」

杏兒迷迷糊糊地睡着了。

杏兒在廣闊的草地上快活地奔跑。可愛的綠草

地，彷彿是一塊美麗的絨地毯，柔軟而又光潤，一直延伸到天邊。金黃色的小花兒，盛開在草地上，散發着清香。杏兒在草地上跑來跑去，想發現有趣的秘密。

「我是春天，你找不到我嗎？」

一個淘氣的聲音，在清風中飄過。

「你是春姑娘嗎？」杏兒呼喚着在草地上尋覓。

「我不是小姑娘。我是淘氣的小男孩兒。」

杏兒看見：一個光腳丫的小男孩，只有手掌般大，像小蜜蜂採蜜一樣，在金黃色的花朵上蹦跳着。他還**翻跟頭**[①]，淘氣地咯咯笑。

杏兒追過去。誰知，撲通摔了一跤，她跌倒在草地上。

淘氣的小男孩不見了。

「喂！小男孩兒，你藏在哪兒了？」

「我藏在你的眼睛裏……」小男孩嘻嘻笑着，卻不見蹤影。

多麼美麗的夢境！

杏兒揉揉眼睛，從牀上爬起來。正是深夜，屋子

---

① **翻跟頭**：即翻筋斗。

裏寂靜無聲。月亮在天上向着她微笑，小屋裏灑滿銀光。樹影在窗上舞蹈，星兒向她淘氣地眨眼，彷彿整個世界都融化在夜的靜謐中了。杏兒的眼睛在夜色中閃爍着明亮的光。一朵美麗的花兒，不是長在花盆裏，也不是長在田野上，而是從美麗的眼睛裏長出來。花莖伸長變成藤蔓，攀上天空的白雲；翡翠般的葉子由碧綠的莖蔓串起來，彷彿鞦韆一樣垂掛在空中；美麗的花朵像吊蘭，又像漂浮在海浪上的海星；可愛的花瓣兒，五種顏色，紅色、黃色、紫色、白色、粉色，像一隻花蝴蝶。花朵密集的莖上有一個鳥窩，綠葉在窩上撐開遮陽傘，窩裏一對小鳥兒伸出頭來，唱着快樂的歌兒。

微風輕輕地拂動着窗簾，發出窸窸窣窣的聲音，彷彿對着杏兒悄悄細語：「原來，美麗的春天，在你的眼睛裏……」風兒醉了，吹奏起生動的小夜曲。

杏兒把自己的畫捲起來，裝進書包裏。她沒有對親人講，也沒給任何人看過，把畫送去參加畫展，這是她的秘密。

她不曾想過獲獎。只是覺得畫中有她的快樂。她

希望別人也能從她的畫裏感受到快樂。那是多麼幸福啊！

可現在，她的快樂呢……

桌子已經擺好，畫紙平平展展鋪在上邊。老師把畫筆交給杏兒，這是無聲的命令。各年級的同學們擁擠着站在旁邊，形成一個嚴密的包圍圈兒。可杏兒拿着畫筆，卻什麼也畫不出來。

很多雙眼睛盯着畫紙，那眼光由好奇，變成焦躁、失望和惱怒。貝貝不耐煩了，尖聲叫着：

「怎麼畫不出來？那獲獎的畫兒是你自己畫的嗎？」

立刻，大家都用一種審視的目光盯着杏兒。

轟的一聲，彷彿悶雷震響在耳邊，杏兒腦子裏一片空白。

周圍一片竊竊私語聲，像針尖一樣刺痛杏兒的心。

可憐的繭中的蠶兒！

# 06
## 榮譽的災難

　　春天主題兒童畫獲獎作品頒獎大會在少年宮舉行。著名的畫家、教育家、電視台、報社的記者都來參加大會，還要專門給獲得第一名榮譽的小朋友拍照，並由她代表獲獎的小朋友們發言。

　　這可忙壞了老師和家長。

　　老師費盡苦心幫杏兒準備發言稿，寫了一遍又一遍。杏兒獲准可以不在教室裏聽課，留在老師的辦公室背誦發言稿。

　　杏兒唸了一遍又一遍，可怎麼也記不住。她聽見下課鈴響了，同學們蜂擁地跑出教室，操場上一片嬉笑打鬧聲。她看見同學從窗外向她擠眉弄眼，點頭招手。老師們走進辦公室，都默默無聲，輕手輕腳，還把闖進辦公室的同學趕走。這種特殊的待遇使杏兒心神不安，結果背誦的詞兒總也記不住，一篇千字文，整整兩天時間才背熟。於是，她請老師們來聽。老師

們各抒己見，總之，不夠滿意，講演稿只好重新寫過。杏兒又背誦新的文稿，直到頒獎大會的前一天，主任外出開會回來，最後審聽杏兒朗誦，結果很不滿意。發言沒有講區教育局的培養，沒有寫市教育局的重視，也沒有寫學校怎樣發現人才，老師怎樣具體輔導，這怎麼行呢？時間緊迫，怎麼辦？只好由主任口述，老師記錄，寫出一篇全新的發言稿來。杏兒的任務是：這次發言一定要達到最好的效果。

家長更是忙得團團轉。爸爸買回一身鮮紅色的衣裙，很漂亮。媽媽認為應該戴學校獎的小紅花，那是光榮的標誌，而且也代表老師的希望。可紅衣服配紅花，效果不夠理想。爸爸又去買回一身雪白的衣裙，結果用去兩個月的工資。媽媽選購了好幾種結髮帶，粉色的、黃色的、綠色的，還有帶珍珠的、編金銀絲的蝴蝶結、**蜻蜓卡**①，還有閃光耀眼的項鏈項墜兒，飄盪的紗巾⋯⋯不了解內情的人，還以為是打扮新娘呢。

杏兒顧不上試衣服，也沒心思看裝飾品，她只待

---

① **蜻蜓卡**：即蜻蜓形狀的髮飾。

在屋裏苦讀那份發言稿。她拚命地記在腦子裏，可老師們的意見時不時地跳出來打斷她的背誦。

「聲音太平板了，沒有感情。」

「臉上沒有表情，不活潑。」

「聲調像背書。」

「應該加上手勢，表示激動。」

「聲音應該洪亮、清脆。」

杏兒背誦時一次又一次地變換音調、語氣，可怎麼也不成功，彷彿那聲音不是她自己的，聽起來非常陌生，覺得很彆扭。她怎麼也找不到自己的聲音、自己的情緒，好像不知道從哪裏找回她本人。「這是我的聲音嗎？」杏兒感到迷惑……

杏兒躺在牀上，接連不斷地翻身，很久難以入睡。好像有好多小蟲子在身上爬，一口一口地咬她。演講稿裏的詞兒，亂哄哄地在她腦子裏轉悠，擾亂她的睡意。天快亮時，她才迷迷糊糊進入夢境。

一陣震耳的鈴聲響起，上課了？……

杏兒在驚嚇中清醒過來，猛地在牀上坐起，只見媽媽站在她牀前，手裏拿着鳴響的鬧鐘，催促着：

「快！快起牀。不然參加頒獎會要遲到了！」

杏兒立刻跳下牀來，匆忙洗了臉。桌上早擺好了豐盛的早餐，但她什麼也吃不下，只喝了一杯牛奶。奶奶給她裝了一袋巧克力，還有兩個蘋果，囑咐媽媽別忘了路上給她吃。

杏兒穿上漂亮的衣裳，梳了小辮兒，還抹了紅臉蛋兒、紅嘴唇兒，最後，媽媽拿出一雙紅色小皮鞋給她穿上。天哪！紅皮鞋小了一圈兒，腳丫兒勉強塞進去，就像給雙腳上了夾板，腳趾頭在裏邊縮屈着，擠壓得好難受，走起路來就像踩高蹺。杏兒不住口地叫喚：

「我的腳疼！」

奶奶連聲抱怨説：「誰不知道，鞋子不能差線，多一線就大，小一線就小，腳可不能將就鞋子。鞋不合腳，遭罪不小。怎麼買鞋也不選準了號碼？」

媽媽不知所措地叫苦：

「哎呀！誰知怎麼搞的？她就是穿這號碼的鞋嘛！也許她的腳長大了？可上個月還穿這號的鞋呀。也許是鞋號又改變了？真要命，早試一試就好了，可

41

以去換……」

爸爸焦急地説：「還説這些有什麼用？趕快找一雙鞋給她換上吧！」

媽媽無可奈何地説：

「沒有合適的鞋可以穿呀！換下來的鞋都是髒的，還沒刷呢！再説，別的鞋和衣服也不相配呀！」

「那也不能讓腳受罪呀。俗話説，整治人，給人穿小鞋兒，這可倒好，自己穿小鞋兒……」奶奶不住口地叨叨着。

「沒別的辦法，現在也只能這樣了。也許鞋剛穿上有點擠腳，走一走就好了。」

這時，同學來找杏兒，説老師在校門口等着呢。

杏兒急忙跟着爸爸、媽媽趕到學校。腳真疼呀，走路一跛一跛的。

頒獎大會的會場飄着彩旗，擺着鮮花，小朋友們穿得都很漂亮。杏兒坐在前排，這是領獎小朋友的席位。全場的小朋友羡慕地望着她，有的還跑過來和她握手。會場的四周懸掛着獲獎的圖畫，許多家長領着他們的孩子觀看。杏兒的畫吸引了眾多的觀眾。

雄壯的鼓號聲，興奮的眼光，熱烈的掌聲，頒獎大會在歡快的氣氛中進行着：

「現在，請獲獎小朋友代表發言。」

杏兒從座位上站起來，全場的目光投向她，她好像是聚光鏡的焦點。她覺得很緊張，走向主席台時，兩腳很沉重，腳趾頭疼得更厲害了。老師特意從後邊的座位席跑了過來，對着她的耳邊小聲囑咐着：「聲音要洪亮！千萬別忘了詞兒……」

杏兒的心裏更亂了。

面對着台下幾百雙眼睛，杏兒的聲音顫顫的。花花綠綠的衣裳在她眼前閃過，老師的要求，家長的囑咐，幾次修改、重寫的發言稿，這時候都攪和在一起了，形成亂糟糟一團，理不出個頭緒來。杏兒的發言斷斷續續，內容完全亂了，有時說的是最後寫的文稿，

忽然又接上最初寫的文稿，已經講過了的段落，忽然又重複講了一遍。她自己也鬧不清，哪些詞兒是開頭，哪些句子是結尾，心裏一陣慌亂，竟然把詞兒全忘了。她呆呆地望着台下，張開嘴卻沒有聲音。台下一陣笑聲，杏兒的眼淚幾乎落下來。幸好一位老畫家走到她身邊，親切地拍拍她的肩膀，和藹地說：「你的畫兒畫得很好！那就是你的發言。」

像一杯清涼的甘泉，流入心田，小姑娘眼睛裏映出幸福的微笑。像和老畫家對話，又像是自言自語，如同唱歌兒一樣的聲音，從她心靈深處飛出來：

「快樂在我的畫裏！」

# 07
## 美的呼喚

　　人們的誇獎、老師和家長的興奮、同齡小伙伴兒的羨慕，杏兒都沒注意到。她也不去想這些。她只記住了老畫家那真誠的眼光和親切的話語，老人說出來的那幾個字，像寶石一樣鑲嵌在她的心靈上，永遠閃爍着智慧的光。這使她成為幸運兒。她似乎有很多話要對老畫家說，卻又一句話也不講。老畫家能洞悉她的內心深處，語言反而成了多餘的。老畫家那深沉的眼神時時在她腦海中閃過，給她振奮的力量。

　　由於杏兒獲得第一名，學校也受到特殊的重視，得到幾十張入場券，除了老師以外，各級各班都有同學代表參加。大家帶回來各種不同的反映。

　　「獲獎代表的發言真丟盡了臉，出夠了洋相。」

　　「發言稿寫得亂七八糟，句子都不通。」

　　「時間都花在打扮上了，多花些時間準備發言多好！」

「還是老師沒盡到責任，事先怎麼不聽聽發言？」

「這次發言是大會的一個失敗。」

有些同學的議論更是刻薄：

「什麼發言哪！噁心死了。」

「張着嘴巴不出聲兒，啞巴唱戲。」

也有的同學為杏兒辯護：

「會場上那麼多人哪，能不緊張嗎？」

「大家為她鼓掌多熱烈呀！老畫家還誇獎她了呢！」

也有的人猜想：杏兒的家長一定認識那位著名的畫家，説不定還送了禮呢。

杏兒卻只想再畫畫兒，畫自己想畫的一切。她腦子裏不斷地湧現出一個又一個畫面：

小雞快活地乘着樹葉兒船在大海上漂游。

小貓躲在白雲裏捉迷藏。

小蜜蜂給老核桃樹祝壽。

星星飛下來在湖中洗澡。

小狗馱着小鴨子跳過山澗。

可這些念頭她不敢對任何人講。這是她心中的秘密。

那張獲獎的圖畫，在她封閉的生活裏打開了一扇窗戶，美的世界呼喚着她，吸引着她。美的形象，美的意境，常常突然映在她的心靈裏。彷彿她的眼睛具有一種神奇的功能，能夠發現別人看不到的事物和情景，那真是一個迷人的有趣的世界。

孩子們在操場上嬉笑打鬧，追來跑去，踢球、跳繩。杏兒在沙坑裏堆建城堡。她聽見小鳥兒快樂的呼喚聲，抬頭望去，一隻褐色的小鳥停落在老柳樹的枝頭，仰頭鳴叫着，向四面張望，彷彿在尋覓什麼。隨着一聲聲不停頓的鳴叫，小胸脯急促地起伏，小鳥兒時而抖動一下翅膀，時而抬腳變化停落的姿勢。忽地一下，又飛來一隻小鳥兒。兩隻鳥兒的鳴叫互相應和，像二重唱，又像親切地講悄悄話。鳴叫聲，時而急促、激昂，時而拉開長音兒，喃喃細語。後來，牠們的眼睛和杏兒的眼睛對望着，久久地互相注視。那眼光，像閃電，照亮了彼此的心，像寧靜的露珠，晶瑩透亮。杏兒那溫柔純潔的眼睛傾訴着心裏的秘密，卻沒有發

出一絲聲音。可她知道小鳥兒聽懂了她的話。牠們的小眼睛滴溜溜轉，凝望着杏兒的視線，毫不轉移。這樣寧靜的沉默，神秘的交談，充滿着奇妙的幻想色彩，使杏兒忘了周圍的一切，連清脆的上課鈴響都沒聽見。

「你是獲獎的學生，應該事事做榜樣，怎麼能上課遲到？」

杏兒嚇了一跳。抬頭見老師站在面前，正嚴厲地批評她。

小鳥兒忽地一下兒飛向天空，消失在白雲裏了。

# 08
## 無辜的飛燕

　　獲獎使杏兒處在困難的處境。老師和同學對她要求很高，甚至到了苛刻的地步。作業要完成得最好，考試的成績要滿分，負責班裏的壁報要認真，義務勞動要最多，幫助低分同學要盡力，天天擦黑板……老師的要求和批評只有一句話：「你可是獲獎的學生，應該處處嚴格要求自己。」這就使她沒有任何辯駁的餘地。同學呢？做值日打掃衞生，總是把最累的活推給她，還理直氣壯地説：「你是獲獎的同學呀，還不帶頭兒做榜樣。」

　　杏兒對老師和同學有一種陌生的感覺。大家天天見面，生活在一起，卻像是毫不相干的陌生人相遇，有的同學偶爾幫助杏兒，也顯得怯怯的，唯恐給人發現，好像是做了什麼見不得人的事情。杏兒感到很孤獨。她在學校裏熱鬧的羣體中更感到寂寞。課間休息時間，她常常獨自坐在操場上的沙坑裏沉思，尋找那

消失了的小鳥兒，牠還會飛來嗎？

杏兒在心中為小鳥兒築了一個窩。

一陣奇怪的鳥叫把杏兒從午睡中吵醒。這叫聲很刺耳，而且連續不斷。杏兒從窗戶裏向外觀望，只見成羣的麻雀落在陽台前的老槐樹上，嘰嘰喳喳亂叫，聲音狂躁而又尖厲。牠們那小小的脖頸一伸一抬，小腦袋連連晃動着，有時還抬起一隻小腳懸空踢蹬兩下兒，那架勢很像爭食好鬥的公雞，很多尖叫聲混雜在一起，顯得亂哄哄的。這是為了什麼呢？杏兒仔細觀察，發現一對燕子，落在陽台上懸空的鋼絲上，莊嚴地挺着胸膛高昂着頭，觀望着尖叫吵鬧的麻雀羣，牠們還用尖利的喙猛啄麻雀迫使牠們飛離。麻雀發出更刺耳的尖叫聲，燕子又飛落在鋼絲上，靜靜地停立着。一次又一次地交鋒，麻雀羣始終不能飛上陽台，最後，無可奈何地一下子全飛走了。

燕子是在保護自己的窩。

燕子銜來新泥，修補着砌築在陽台牆壁上的舊巢，一個個小泥球兒堆積成葫蘆形的巢屋，堅實而又漂亮，小小窩口的泥團還是濕的。當小燕子出殼兒的

時候，人們就會聽見牠們在窩裏叫喚了。

杏兒太寂寞了，她多麼希望小燕子快點出世。

這是燕子的老窩，窩裏鋪着清香的乾草，柔軟的羽毛，秋天燕子飛往南方，麻雀就住在裏邊。誰都知道，麻雀從來不造窩，只是鑽洞。牠們霸佔了燕子的泥屋，住得很舒服，這裏居高臨下，能望見很遠的地方。屋前就是一片綠色的樹頂，清風吹過，蕩起層層綠浪。屋旁一叢叢玫瑰花，白的似雪，黃的似金，紅的像火，還有粉色的、藕色的，花香四溢，美不勝收。小燕子在這樣的環境裏出生長大，是多麼幸運啊！燕子夫婦在這裏築窩，是經過認真考察的。牠們曾在這裏度過了幸福的一年，恩恩愛愛，生育兒女，這是一個可愛的家族。今年，牠們萬里迢迢飛回來，重返自己的故居，誰知卻給麻雀霸佔了。這窩麻雀像小無賴一樣，叫罵着：「我的！我的！我住就是我的……」堅持霸佔着燕窩不肯離開。燕子尖利的喙迫使牠們離巢後，牠們就引來了一羣又一羣麻雀，飛落在燕窩迎面的樹頂上，嘰嘰喳，嘰嘰喳，尖聲狂叫，天天如此，吵得四周不得安寧。

杏兒曾經用竹竿驅趕麻雀羣，但牠們一閃又飛回來了。牠們不知疲倦地尖叫着，吵得人們心煩。地上落滿了麻雀糞，行人從樹下經過，麻雀糞就像雨點一般落在人們的頭上、臉上、衣服上，人們氣惱地咒罵麻雀，卻無可奈何，經過仔細觀察，發現麻雀羣飛來吵鬧，原是和燕子爭窩，人們無法懲治麻雀就遷怒於燕窩，怨聲漸起：

　　「都是這燕窩惹起來的，麻雀吵得人不得安寧。」

　　「沒有了這個燕窩，麻雀用不着爭，也就不吵了。」

　　「可也是。麻雀是驅不走的呀！」

　　小孩子用彈弓打麻雀，砰！打碎了窗玻璃。屋子裏的主人怒氣沖沖跑出來，咒罵着：「哪個挨刀的打破我的窗玻璃？傷着人怎麼辦？」

　　有人過來勸慰：「算了，算了！都是這個燕窩鬧的。如果沒有這個燕窩，不會招來這麼多麻雀天天吵！」

　　「麻雀叫太吵人了，病人都不能睡！」

　　有人提出來：「把燕窩捅掉得了，大家才得安

寧！」

「這是最容易辦的事。不然，你拿麻雀怎麼辦？」

人世間就這樣，好多人都是欺軟怕硬的。

於是，有人來敲杏兒家的門，説明要把燕窩捅下來。

「不！不不！這不公平。燕子千辛萬苦做的窩，幹嗎給毀了？你們去打麻雀嘛！」杏兒流下眼淚來，哭着攔擋人們進門。

「可沒辦法對付那些麻雀呀！趕跑了又回來，唧唧喳喳叫個不停，天天吵，怎麼受得了？」

「小燕子又沒妨礙任何人，幹嗎毀了燕子窩？這不公平……」杏兒極力爭辯。

「哪能什麼事都公平呢？拆了燕窩，大家就安寧了，這才是最重要的。」

「管它公平不公平哪，需要拆燕窩就拆麼，這孩子太不懂事了。」

有人憤憤地説。

「我不許！不許傷害小燕子……」杏兒哭着，把人們關在了門外。

人們不滿地議論着，先後離開了。

杏兒走到陽台上，只見麻雀羣還在嘰嘰喳喳叫着。

燕子飛出去的時候，麻雀就竄進燕窩裏，把乾草、羽毛從窩裏拋出來，還啄掉新砌築的泥團。當燕子飛回來的時候，麻雀就像小偷兒似的飛逃，然後停落在燕窩前的樹頂上，尖聲叫個不停。燕子只得把銜來的新泥砌在窩上，然後停落在窩下的鋼絲上，眼望着拋落在地面的乾草、羽毛，重新又叼起來送回窩中。

可憐的小燕子，牠們哪裏知道，人們正在策劃毀牠的窩呢！難道就沒有鳥類法庭？人類就沒有正義？

杏兒望着辛苦的雙燕，心中很難過。她多麼同情勤勞可愛的燕子，卻不能給牠們任何幫助。

「孩子，不要得罪了鄰居們。大家要拆掉燕窩，就由他們幹吧！不然，挺遭恨的。」奶奶買菜回來，進屋就向杏兒嘮叨。

「不！我決不許毀掉燕窩。」杏兒堅持説。

嘭、嘭、嘭！有人使勁兒敲門。

奶奶把門打開，幾位中年婦女不等允許就闖進屋

來，一屁股坐在沙發上，直截了當地對杏兒說：「你知道不？社區裏規定四不養：不許養狗，不許養雞，不許養鳥兒……」

杏兒說：「我家什麼也沒養。」

方臉婦女說：「可你家的燕子……」

杏兒說：「燕子不是我家養的。」

方臉婦女又說：「可燕窩招來成羣的麻雀，給大家帶來麻煩，這是你家的責任。」

杏兒說：「那你們就管管麻雀。」

奶奶忙打斷杏兒的話：「小孩子家，要懂禮貌。」然後，連聲道歉。

方臉婦女嚴厲地說：「你們必須把燕窩捅下來！」

三角兒臉女人幫腔說：「這是決定。過些天我們再來。」說完，站起身來就走了。

杏兒哭着說：「誰捅了燕窩，我就跟他沒完……」

從此，家中再也不得安寧。爸爸、媽媽不斷地向人家道歉、賠罪，一次又一次地向街道檢討，還保證想辦法儘快處理小燕子。杏兒呢？想盡辦法保護小燕子，她把通陽台的門鎖起來，把鑰匙掛在自己的脖子

上。

就這樣，日子一天天過去，麻雀羣還是不依不饒地尖聲叫，惹惱的人們不斷地來問罪，方臉婦女宣布，下個月再不處理小燕子，就罰款……

杏兒突然發現，燕窩裏發出雛燕的鳴叫聲。那聲音稚嫩可愛。幾張小嘴兒伸向窩邊，等着大燕子銜着蟲子飛回來餵牠們。啊！多麼動人的情景，想不到小燕子竟在災難中出世了。杏兒欣喜萬分，回到家立刻就去看燕窩，她等待着小燕子長大飛翔。夜裏，聽着燕子在窩中呢喃細語，杏兒的臉上現出甜美的笑。她要全力保護這一窩燕子。當方臉婦女又來時，杏兒氣憤地說：「小燕子出世了，不讓牠們活嗎？誰把你的孩子摔死，你不難過嗎？」

方臉婦女惱怒地說：「這叫怎麼說話呢！」從此，卻也不再來找麻煩。

杏兒欣慰地期待着小燕子長大，小燕子的叫聲使她心醉。在課堂上，她常常為想着小燕子分散精力，因此，幾次受老師的訓斥。但杏兒仍然很快活，小燕子在她的心中產生了一種美好的感情，耳邊時時響起

小燕子可愛的叫聲。

這天，杏兒放學回來，聽見燕子急切的鳴叫聲，她扔下書包就跑向陽台。天哪！她看見了什麼？

燕窩裏的軟草和羽毛都被扔了出來，幾隻小雛燕摔死在地上，小燕子那淡黃色的小嘴張開着，彷彿還保持着最後的一聲鳴叫，光溜溜的身軀還沒有長出羽毛來，只是幾個小肉蛋。小燕子的軀體都已僵硬了，雙燕悲切地望着死去的孩子，撕心裂肺地鳴泣着。

可惡的麻雀羣，得意地在樹頂上飛來跳去，發出刺耳的叫聲。

從此，雙燕再也沒有飛回來。

牠們不忍心看那兒女罹難的故居！

麻雀佔住了燕子的窩，但不再成羣地尖叫。

人們不再來找麻煩，大家得到安寧。

但杏兒的心中，留下了一個極悲慘的回憶。

# 09
## 想知道……

傍晚，媽媽忽然嚴肅地對爸爸講：

「你注意到沒有？杏兒瘦多了，臉色蒼白，幹什麼都打不起精神來，是不是應該帶她去醫院檢查檢查？」

爸爸憂心地說：「明天，我先去找老師談談。」

「還是先和孩子談談。」媽媽焦慮地說。

爸爸讓杏兒坐在身邊，開始了認真的談話：

「你的學習情況怎麼樣？作業都按時完成了嗎？考試成績好不好？你的分數單呢？你在全班名列第幾名？……」

媽媽打斷爸爸話，急着問：

「你身體不舒服嗎？為什麼吃飯少了？買零食吃了嗎？」

杏兒靜靜地坐着，兩眼看着腳尖兒，低着頭一聲不響。

「你有什麼心事，應該對爸爸媽媽講！」

杏兒還是不作聲。

「星期天，帶你去公園裏玩。這對你畫畫兒也有好處。」

杏兒高興起來，上牀睡覺時哼起了歌兒。

流動的白雲不斷地變幻着形態，一會像海浪起伏，一會兒像羊羣奔跑。陽光照着大地，樹林、樹叢一片濃綠，野花在樹林裏的小路邊盛開，碧綠的湖面上漂浮着荷葉菱葉，湖邊是茂密的綠草。

杏兒忽而奔向花叢，忽而跑向湖邊，美麗的衣裙迎風飄起，像翩翩飛舞的大蝴蝶。看見女兒這樣快樂，爸爸、媽媽很高興。他們把背包打開，將許多好吃的東西攤放在遊人的長椅上。杏兒一連喝了兩瓶飲料，又拿起一塊大蛋糕往嘴裏塞，幾口就吃乾淨了，媽媽用手絹給她擦手上的奶油和糖漬。

「孩子，你都想些什麼？」

杏兒的眼睛閃着亮光，彷彿眼前有一個奇妙的世界。「我想知道：空中的白雲沒有翅膀為什麼會飛？天上的星星為什麼不停地眨眼睛？地上的小草為什麼

一片綠？花兒為什麼有紅的、黃的、紫的？……樹上的果子為什麼有圓的、扁的、長的？」

媽媽驚訝地望着杏兒，彷彿不認識女兒似的，尖聲叫起來：

「天哪！你都想些什麼呀！難怪你的成績下降，腦子裏裝滿了亂七八糟的怪念頭，學習時精力不集中，怎麼能有好成績？功課那麼重，你怎麼還會有那麼多荒唐的想法？」

杏兒呆住了。她張開嘴巴卻沒有出聲，兩眼無神地盯着媽媽，全身一動不動，就像雕塑的泥像。

爸爸似乎沒注意杏兒神情的變化，還認真地把談話繼續下去：

「老師說你的成績不斷下降，和同學相處也不融洽，總想脫離集體，獨自行動。大家都說你獲獎以後驕傲了，這可不好……」

媽媽插話說：

「如果畫畫影響學習，就不要再畫畫兒了，也免得想入非非。將來考大學，數學、語文成績不好怎麼行？這可關係到你的一生啊！」

蜻蜓在湖面飛，魚兒在湖中游，多快活，多自由！杏兒羨慕地望着牠們，心中一陣悲涼。世界那麼大，天空那麼廣闊，白雲飄飄盪盪，清風奔跑跳躍，自己呢⋯⋯

杏兒只是繭中的蠶兒，屈縮在狹小封閉的天地裏。

# 10 小紅魚

　　真奇怪，有的人天天在一起，卻很生疏，誰也不知道對方心裏想的是什麼，雖然是自己的親人，也感到很陌生。可有的人第一次見面，就熟悉了，甚至不用語言就能彼此了解，這，真使人高興。

　　杏兒認識了一位下肢癱瘓的女畫家，她們成了好朋友。她給杏兒講畫畫兒，杏兒看她畫畫兒，她們一起度過幸福的時光。杏兒常推着她的輪椅，讓她來到河邊畫畫兒，杏兒靜靜地坐在她身邊，看着一幅幅美的畫面出現在畫紙上。杏兒高興極了，她忘記了所有的苦惱和悲哀。

　　女畫家住院了，那是傳染病院，小孩子是不能進去探視的。杏兒很懷念女畫家，她把女畫家的肖像畫出來掛在牀頭。

　　杏兒很孤獨。在學校裏，她不喜歡和同學玩，回到家中，她不喜歡和親人談話，放了學就騎自行車奔

河邊。一行高大的柳樹，柔軟的枝條在水面上盪來盪去，小魚在水中穿梭打轉，幾乎分不清哪是魚羣，哪是柳葉的影子。杏兒常蹲在河邊，觀看魚兒游水嬉戲。牠們小小身軀輕巧靈活，搖頭擺尾，一片樹葉飄落水面，魚羣一閃就不見了。牠們的感覺是那麼敏銳，動作是那樣迅速，使得杏兒非常羨慕。杏兒出神地凝望着河面，她真想變成小魚，那一定很快活。她把麵包屑抖落水裏，魚兒立刻聚集來，把食物吞在口中就游散了。一條紅鱗小魚躍出水面，像一粒閃亮的火星兒，忽地熄滅了，牠已經潛入河底。一會兒，小紅魚又游到水面上來，搖頭擺尾、旋轉、跳躍，無憂無慮，柔軟的水流是牠的牀，睡夢中牠都在游來游去。

杏兒坐在大柳樹下，看小紅魚一次又一次躍上水面。

「小紅魚，你能帶我去水底遊逛嗎？」

「你有一條能擺動的尾巴嗎？」

小紅魚用尾巴站立在水面上，和杏兒親切地交談。

「我沒尾巴，但我有一對橡皮鴨蹼，游泳是很好

63

用的。」

「我們不喜歡鴨子。鴨子總是吞吃小魚。到了水裏的世界，你有一雙鴨子的腳，大家會把你當成可怕的敵人，都要跑開的。」

「那我就用自己的腳和腿划水。你肯帶我到水底去嗎？」

「好的。魚羣是很怕人的。人比鴨子還殘忍。鴨子只用嘴吞吃小魚，人卻用尖利的鈎子把大魚釣出水面，還用網捕捉魚羣，連小蝦都抓去。不過，你很可愛，從來不傷害魚類，我願意帶你看看水底世界。」

「謝謝你，小紅魚。我很高興能做你的朋友，我決不會傷害你們魚羣的。」

「撲通」，杏兒跳進水裏。她學過游泳，在水中游並不感到困難。柔軟的水流從身上蕩過，像涼爽的絲綢拂動着，像清風撫摸着，一種愉快的舒暢感覺遍布全身。游在水中，身子變得很輕盈，就像飄在風中的落葉，又像浮在水中的羽毛，兩隻腳輕鬆地踢動水流，完全不用支撐着全身的力量邁開沉重的腳步。游呀、游呀，心裏的煩惱，沉重的負擔，都給流動的河

水沖走了，只剩下一個輕鬆的身體，像魚兒一樣快活。

「你喜歡生活在水裏嗎？」

小紅魚在水流中講話，聲音變得很清晰。

「我很喜歡在水裏玩。可離開爸爸、媽媽和奶奶，他們會傷心的，他們都很疼我。」

「他們知道你到水中來玩嗎？」

「不！不能讓他們知道。他們是不會答應我獨自到水裏玩的。他們發起脾氣來是很可怕的。」

「可憐的小姑娘！你能變成一條小魚就好了，自由自在，誰也不會管束你。」

「可你們吃什麼呢？」

「吃水草，也吃小蟲。」

「哎呀！我可不吃水草和小蟲。我要吃牛奶和巧克力。媽媽和奶奶每天都給我準備好。還有蘋果、香蕉⋯⋯」

「魚兒可要自己找吃的，連最小的魚也一樣。沒有誰會給魚兒準備好吃的東西。如果有，那就是釣魚的人，他們把食物掛在鈎子上，魚貪吃咬住那可口的食物，釣魚的人就會把魚兒捉走吃掉，那是很可怕

的。」

「太可怕了！」

「只要不上當受騙，就沒有危險。我帶你游過茂密的水草叢，就能見到河蚌大嬸，她是從不游到河面上去的，多少年來靜靜地躺在河底深處，她知道許多有趣的故事。小魚、小蟹、小螺，都喜歡到她那兒去學習，她還請大家喝鹹奶呢！」

「嘿！小紅魚，你怎麼帶個怪物來？」小蝦舉着大刀從水草叢裏跳出來。

「她不是怪物！她是我的好朋友，每天給我麵包屑吃。」

「她為什麼給你麵包屑吃？她膽敢傷害你，我就用大刀砍她。」

「她不會傷害我的。小蝦，我們去河蚌大嬸那裏好不好？」

「好呀！我學會了翻跟頭，很想給大嬸表演一下。」

「你先表演給我們看！」

小紅魚高興得直吐水泡。

「現在表演了，待會兒再表演就不新鮮了。」

「那咱們快走吧！」

「看誰游得快！」

小蝦蹦蹦跳跳地往前跑，小紅魚搖着尾巴往前游，一會兒就把杏兒落在了後邊。

「哎呀！救命……」杏兒一聲刺耳的尖叫，小紅魚嚇了一跳，急忙返回來游到杏兒身邊。

「怎麼了？扎住腳了？」

「蛇！一條毒蛇……」

杏兒全身發抖，哭出的眼淚和水流混在一起，看不見了。

「毒蛇在哪兒？我用大刀砍牠。」小蝦很勇敢地說。

「嘻嘻嘻，是我！」

「原來是小泥鰍！你把我的朋友嚇壞了。」

「我全身光溜溜的，從來不蛻皮，蛇要蛻皮的。毒蛇有牙，你看我有毒牙嗎？」

「你從我的腳趾縫兒裏鑽過去，滑溜兒的，嚇壞我了。」

「我們大家保護小姑娘，一起向前游吧！」

小紅魚貼近杏兒游，像小小的護身符。小蝦在前邊蹦跳，高舉着大刀像開路先鋒。小泥鰍在後邊緊緊跟隨。

河水越來越深，茂密的小草遮住了映在水中的白雲，河底顯得幽暗寂靜，像是黎明前的黑夜。他們穿過巨石當中的水道，鑽到石洞前，小蝦用大刀敲打洞門：

「河蚌大嬸！」

「誰呀？快進來。」

河蚌大嬸端出鮮奶來招待大家，還把自己孕育的珍珠送給新來的客人。小蝦表演了翻跟頭，杏兒講述了許多人類的事情，大家覺得又神奇又怪誕。不過，大家都喜歡這位小姑娘，歡迎她常來做客。杏兒答應下次來給大家帶好吃的魚食舉行歡宴，並邀請小螃蟹、小螺、小龜也來聚會。

河蚌大嬸講了許多水底世界的故事，她的年紀很大了，知道許多水中家族的秘密。杏兒聽得入迷，這比上課聽講有趣多了。

告別的時候，河蚌大嬸囑咐杏兒不要把珍珠丟了，它可以照亮水底世界的道路。為了保險，杏兒把明亮的珍珠含在口中，然後默默地向大家告別。

大家依依不捨地看着小姑娘離去。

# 11
## 依依告別

　　哀痛欲絕的哭聲，夾雜着感歎聲，勸慰、議論、探問，河邊人聲嘈雜，亂哄哄的。

　　小紅魚和杏兒把頭伸出河面，只見河岸上站滿了人。小紅魚連忙潛入水中，無可奈何地説：

　　「真對不起，我不能送你了。岸上有那麼多人，怪可怕的。歡迎你再來。」

　　杏兒的頭也潛入水裏，依依不捨地説：

　　「謝謝你，小紅魚。如果能帶你到我家中做客多好啊！」

　　杏兒一講話，不由得把珍珠吞進了肚子裏。

　　小紅魚説：「我會常到河邊看你。」

　　杏兒説：「我天天都到河邊來，決不讓人傷害你。」

　　小紅魚説：「那你就對我們的友情保守秘密，不要對任何人講起。」

杏兒説：「我保證，決不對任何人講。世界上你是我最親密的朋友。」

小紅魚説：「我只能送你到這兒了。再見，我會想你的。」

杏兒眼淚汪汪地和小紅魚告別。她的眼淚立刻融在河水裏消失了。

她重又浮出水面，向前游時不住地回頭，留戀地凝望小紅魚。

小紅魚再一次躍出水面送杏兒離去。

「看哪！一條紅魚⋯⋯」

「快，快拿網呀⋯⋯」

一片嘈雜的人聲從河邊響起。

小紅魚驚慌地潛入水中，急急忙忙游走了。

杏兒用胳膊划水，用腳蹬水，側游，蛙式，水流

向後退去，杏兒漸漸游向河邊。

「看！河裏漂着一個人⋯⋯」

「好像游過來的人！」

「撲通」，有人跳進河裏，像踩浪板一樣快速地沖到杏兒身邊，用一條胳膊夾住了她，急忙游到河邊。

杏兒坐在老柳樹下，水珠像雨滴一樣從頭上滾滾流下，濕漉漉的頭髮披在肩上，像個水孩子。

「我的孩子⋯⋯」

媽媽撲了過來，把杏兒緊緊抱在懷中，哭得喘不過氣來。爸爸拿過一條大浴巾來把杏兒全身包上，抱她坐在自行車上，推着車離開河邊。媽媽又哭又笑地緊跟在車旁走着。剛才發生的事情就像一場噩夢，可愛的女兒又回到了身邊。

杏兒望着散開的人羣，一副迷惑不解的神情。

# 12
## 奇案

　　杏兒河中歷險後，家裏人對杏兒管得極端嚴厲。爸爸、媽媽天天送杏兒上學，接杏兒回家，風雨無阻，而且從不讓她獨自外出。他們唯恐再失去心愛的女兒。杏兒睡午覺，奶奶要進屋看她幾次，好像怕她會突然消失了一樣。杏兒要求去河裏游泳，爸爸、媽媽像觸了電一般發出驚叫，頭搖得像撥浪鼓一般，奶奶竟然失聲痛哭。杏兒要去河邊散步，也是絕對不准，彷彿她一去就不再回來了。河水成為全家的禁忌，談話都儘量避開江河湖海字樣。

　　杏兒再也見不到小紅魚了。她是多麼想念自己的朋友啊！她很寂寞，除了溫習功課，就是畫畫兒，畫了幾大摞畫稿。她小臉蒼白，身體更瘦了。爸爸也覺得女兒太累，就答應帶她去看畫展。

　　這次畫展太吸引人了，簡直是一座藝術寶庫。大大小小幾百件展品，向觀眾展現了真善美的世界，淨

化着人們的心靈。有一幅黑白畫，畫了一個老人的頭像，吸引了許多觀眾。杏兒站立在這幅畫像前，久久不肯離去，像給磁石吸住了一樣。老人那一雙眼睛，具有一種震撼人心的力量。杏兒每天都跑來看這幅畫，幾乎畫像臉上的每條皺紋都深深刻在她的心裏。後來，爸爸同意了女兒自己來看畫。這裏是個安全的地方。沒有水，沒有車，走進展覽廳的人都比較文明，而且，杏兒天天看畫，和守門人也熟了，杏兒還為她畫了一張側身像，守門人很高興，她允許杏兒隨便出入展覽廳，甚至閉館以後杏兒也可以進去，有時看畫看到夜裏，守門人也不氣惱，還笑瞇瞇地誇杏兒有出息。

杏兒熟悉了畫面上的老人，似乎畫中老人也熟悉了這個孩子。老人滿足了孩子的願望，讓她進入鏡框裏代替自己。

誰想這件事竟鬧出了一場奇案。

整個藝術界，一時成為人人談論的新聞。

事情是這樣的：

評論家寫了一篇文章，對老人畫像這幅名畫評價很高，報社記者先後去為畫像拍照，準備登在報紙上。

大家進展覽廳，走到畫像前，咦！畫像中的老人竟變成了一個小姑娘。

人人驚訝不已。

展覽廳的領導人來了，畫展的組織者來了，美術界的權威來了，記者、公安、保衛、律師都來了，核對了展品編號、目錄、送展者簡介諸多項目。多次查證核實，結論是：老人畫像不見了。這是一樁失盜案件。

畫像的繪者是著名的老畫家，他非常傷心，有人竟然盜用自己的名字，並且偷換了展品，這是不能容忍的事。展覽會不得不發表聲明……

由於這一嚴重事件，展覽只好暫時停止參觀，展覽廳封閉起來，等待查清事實真相。

展覽廳裏靜悄悄，厚重的窗簾擋住了亮光，大廳裏冷清幽暗。深夜裏，更是寂靜無聲。畫像老人對杏兒說：

「看來，這事有點麻煩。老畫家一生在藝術境界裏執着追求，性格怪僻。這幅畫是他最心愛的作品，輕易不肯給人看。這次大家再三地懇求，才說服他拿出來展覽，結果不見了，他怎麼受得了？」畫中老人似乎很難過，淚水從眼中湧出。

「老畫家的許多畫，都是謳歌真理的主題。這幅畫像的標題是：追尋真理者。他花了多年心血才完成了我的形象。難怪他極端傷心。」

杏兒仔細看，只見老人身軀高大，頂天立地，堅硬如磐石，拳頭就像**碌碡**①。

杏兒面對着巨人，天真地問：

「什麼是真理？它會帶給人們什麼？」

「真理能把人引向高尚忘我的境界。」

「你能給我講講嗎？我很想知道⋯⋯」

「我還是帶你出去看看吧！我們關在這裏有什麼意思呢？你需要見識廣大的世界，觀察、了解許多人世間的事物，你是個可愛的孩子。我很願意指引你走人生的路。」

杏兒高興地叫着：「太好了。遇到你，真是我的幸運。」

「你曾跳進鏡框裏，這就發生了根本的變化。你可以像影子一樣從門縫裏走出去。」

巨人領着杏兒離開了展覽廳，畫像的鏡框裏變成了一片空白。

---

① **碌碡**：用石頭做成的圓筒形農具。「碡」：粵音「讀」。

# 13
## 奇怪的
## 光榮自由島

杏兒感到奇怪，自己居然能和巨人從門縫中穿過。身輕如紙，腳步卻很有力。

兩人走在大路上，杏兒忍不住又問：

「老畫家為什麼要畫真理呢？他找到真理了嗎？」

一個衣衫襤褸、全身污穢的傢伙，很像沿街乞討的流浪漢，他追上來叫着：「我就代表真理。真理就是我。」

「你是誰？」

「我的名字叫貧窮。我是真理的化身。」

杏兒驚訝地說：「真理，怎麼會是這樣的？」

巨人看了流浪漢一眼，說：「貧窮並不能使人走向高尚。有不少人從貧窮墮落成為盜賊，或者變成貪婪、自私、兇殘的傢伙。而真理卻把人引向光明，在極端貧窮艱難的處境裏，鍛煉出堅強的意志，古今中

外，多少偉人、學者、賢人在真理的指引下，通過艱苦卓絕的拚搏奮鬥，踩出堅實的路來，成就了宏偉的業績。他們的思想品德，閃爍着永不熄滅的光焰，照亮了人類歷史的長河。」

貧窮說：「你也看不起我？我可是什麼都不怕。死都不怕，還怕什麼？我不怕任何人，可人們卻怕我。哈哈……別看我衣衫破爛，可我以此為榮。因為我一無所有，就能夠最堅決地在世界上拚搏，什麼也不懼怕。」

巨人的聲音低沉，卻很有力：

「如果是為了真理，無所畏懼，就會成為令人尊敬的人。多少人，為了真理，放棄財富和地位，他們把權勢踩在腳下，心甘情願地忍受飢餓和各種艱難困苦，他們終生與貧窮為伴，他們有頑強的毅力，堅強的性格，忘我的犧牲精神，對人類，對整個世界充滿了愛。」他看了杏兒一眼，又說：「當然，也有冒充真理的假貨，那是害人的東西。孩子，你切記這一點，不要上當。」

形似乞丐的流浪漢發出一陣冷笑，臉孔陰沉着，

咬牙切齒地説：「世界應該由最貧窮的人管理它。我的主張是：決不允許有人擺脱貧窮。這樣，才能保持一個永遠穩定的世界。請想想，如果人人只有一條褲子，誰還去偷去搶別人的褲子呢？我們最高的目標，就是一無所有。我們的觀念是：貧窮最光榮。」

巨人激動地説：「一個懶惰的世界，灰色的世界。」

流浪漢辯駁説：「可人們最自由。不用動腦筋去想，不用花力氣去幹，沒有什麼值得人們羨慕，也沒有什麼引誘人們去爭奪。大家都守着貧窮混日子，這是一個平等的世界，用不着解決偷盜、破壞、爭權奪利、謀財害命等難題，這些情況都不會發生。請想想，誰會和我爭奪光榮與**頭人**①的位置呢？我一無所有，衣衫破爛和大家完全一樣。我們那裏是光榮自由島，人人一無所有。請隨我去參觀，請仔細考察我們的經驗。」

巨人説：「孩子！我們不妨去看看。你可以增長不少見識，對你認識這個世界的複雜事物，是會有用處的。」

---

① **頭人**：在舊時中國某些少數民族稱為「首領」的人。

流浪漢，這個自稱光榮島的頭人，興高采烈地走在前面帶路，炫耀地宣傳他的怪論。

巨人和杏兒跟着流浪漢往前走，不久就來到了自由島的境界，他們經過一個很大的廣場，這裏幾乎是一個大垃圾場。

只見人們懶洋洋地躺臥在地上，憔悴的面孔布滿了深深的皺紋，連小孩的額頭上都摺疊出幾道褶皺，就像乾枯的小老頭兒一般。人們的手上凸現出一條條彎曲的青筋，好像爬滿了一條條蛔蟲。呆滯的眼睛，黯淡無光，彷彿鑲嵌在臉上的兩顆石粒。頭髮像汗毛一樣，稀疏短小，幾乎分不出來是男是女。人們面頰深陷，**坍**[1]成兩個對稱的深坑，就像癟了的皮球。襤褸的衣裳片，像縫綴在一起的枯葉。枯瘦的四肢，像從樹上斷裂墜落的柴棍。討厭的蒼蠅在人們身邊嗡嗡亂叫，似乎誰也懶得揮動手臂驅散牠們。

然而，世界還是可愛的。大樹綴滿了茂密的綠葉，清風吹過，碧綠的樹葉抖動着發出沙沙的響聲。在光榮自由島，人們確實自由地活着，樹木也自由地生長。

---

[1] **坍**：倒塌、下陷的意思。「坍」：粵音「灘」。

一切都是自由的。

頭人頗為自豪地誇耀説：「請看，這裏的人多麼自由，誰也不管他們。」

巨人問：「那麼，結果呢？這些自由的人們怎樣？」

「自由地死去。不受任何干擾。」頭人洋洋自得地説，「這裏沒有人抱怨，也沒有失望。所以，也就不會傷心，可以説，人人到達了沒有痛苦的完善世界。」

「可他們的一生是多麼悲慘啊！」巨人發出沉重的歎息。

「你這是一種偏見。」頭人憤憤地説。

巨人感歎着：「歷史將記載這個時代。愚昧的小島將作為一個標本，啟迪人們認識人類前進的道路是何等崎嶇、漫長而又曲折。」

杏兒問：「我能從這小島上得到什麼？」

「你什麼也得不到。」頭人講。

「我能為這裏的人做些什麼？」

「不需要。這裏的人什麼願望都沒有。」頭人頗為自豪地説。

會唱歌的畫像

杏兒感到悲哀，她默默地觀看小島。

天上飛過一羣小鳥，唱着快樂的歌：

真理在哪裏？

在人們的笑聲裏，

在人們的眼淚裏，

在人們的心裏，

在人們的思想和行動裏。

鐵鏈不能將它鎖住，

門牆不能將它關住，

它自由地飛翔，飛翔，

永遠充滿旺盛的生命力。

它燃起明亮的光焰，

照亮漫長的人生道路；

它開出絢麗的花朵，

在生活中噴吐芬芳；

它和希望結伴而行，

展現壯麗的人生。

杏兒聽着小鳥的歌兒，心中感到快樂。她要求巨人領她趕快離開這光榮自由島。

# 14
# 心靈裏的橋基

　　巨人帶杏兒趕路，匆忙趕到河邊。寬闊的大河望不到盡頭，河水滔滔，匆忙地流向遠方。

　　一座狹窄的獨木橋，橫跨在河面上，實際上只是幾棵被伐倒的樹幹，連帶着樹皮和枝杈，釘牢在矗立河水中的木樁上，那托着橋身的樹樁，也只是幾段鋸斷的樹身，粗細不等，樹皮樹杈也都沒有去掉，橋面不到一尺寬。走在橋上，腳踩粗糙的樹皮倒不會滑落河裏。橋頭很熱鬧，人羣在河邊指手畫腳、七嘴八舌地議論着：

　　「這也算是橋麼！這段河面水流很急，失腳掉進河裏多麼危險！真難以想像……」

　　「這橋太窄了，雙腳併攏都不行。」

　　「橋面凹凸不平，還帶枝杈，走上橋絆倒了怎麼辦？」

　　「橋應該有欄杆，才能保障行人的生命安全。」

「造這樣的橋，真是造孽，還不如沒有它呢！」

人羣裏只有一個背石漢，什麼話也不講，他只是默默地把石塊堆到橋頭，一趟又一趟，從遠處把沉重的石頭背來，扛來。他那赤裸的肩膀，磨破了肉皮，前胸後背，掛滿了被石塊劃破的傷痕，破舊的衣衫成了墊肩布，汗水像清晨從大樹上抖落的露珠，灑濕了一片地面。他在橋頭這邊堆滿了石頭，又背着石板走過獨木橋，把石頭堆在河對面。他的兩隻大腳，走在橋上，像鐵錨拋下一樣穩定牢固。他像是聾子和啞巴，人羣裏講的話，他好像沒聽見，也不講任何言語，只是低着頭背石頭、扛石頭。

巨人和杏兒跟着背石漢從橋上走過。嘩嘩的河水在腳下奔流，河邊的人羣停止了議論，發出一聲聲驚呼：

「不要命了？危險！」

「這橋可是害人不淺哪！」

「怎麼可以修這樣的橋呢？真不如沒有它！」

就在眾說紛紜、驚呼亂吵的嘈雜聲中，巨人和杏兒跟在背石漢的身後走過木橋，到達了河對岸。

人羣安靜下來。漸漸地有人也走上木橋，過了河。後邊的人，一個個都跟了上來，像一隊螞蟻。

杏兒問：「叔叔，你背來這麼多沉重的石頭，幹什麼呀？」

背石漢的聲音像銅鐘轟鳴：「修築堅固的橋基。」

巨人笑着說：「你已經把牢固的橋基修築在這孩子的心靈裏了。」

背石漢望着地面，彷彿自言自語地說：

「一顆堅強的心，比鋼鐵和石頭更有力量。」

巨人的眼睛閃爍着智慧的光，凝視着奔流的河水，輕輕地說：

「孩子，記住，柔軟的水，可以沖倒堅硬的石頭。堅強的心，可以摧毀任何困難。」

巨人和杏兒回來時，三九嚴冬封凍了河面，奔流的河水變成了晶瑩透明的水晶鏡，只見一座堅固的石橋橫跨河面上，像玉帶上鑲嵌着一個寶石環。堅實的石柱，矗立在河牀上，支撐着橋身，彎成弓形。

背石漢不再背石頭，而是背冰，扛冰。巨大的冰塊像石頭一樣沉重，壓在背石漢的肩背上，一趟又一

趟，搬到河岸邊。這是修橋墩時，由河牀上鑿下來的冰層，從河兩岸開闢出一條無冰的巷道，橋柱就立在巷道中的河牀上。聰明的背石漢，他在嚴寒的幫助下修築橋基。

「叔叔，你是怎麼修成這橋的？」

背石漢笑了笑，快活地說：

「我求河神幫忙，給我一顆避水珠，讓河水向兩邊閃開亮出一條路來，我要在河牀上立起橋柱子。河神告訴我，避水珠很多年不用了，無法給你，但你可以在嚴冬請風神幫忙。三九天我恭候風神，請他幫助我。風神颳了三天三夜西北風，河水結成了冰。我鑿開冰層，搬運冰塊，清理出一條露出河牀的巷道，立起石柱，修成了石橋。我必須在春暖冰融之前，把冰塊搬到河岸，不讓冰塊猛烈地撞擊橋柱。」

「叔叔，你看到人們從橋上走過，多高興啊！」

「春暖冰融，河水奔流，人羣從橋上走過的時候，我早就離開了。橋修成了，我為什麼還留在這裏呢？我要去我應該去的地方，做我應該做的事。」

背石漢又忙着搬運冰塊。他的頭髮上、鬍子上掛

着冰屑，鞋面上結着一層冰殼，就像水晶鞋。碎冰塊兒凍結在他的衣褲上，像綴在身上的玉佩，兩隻大手掌裂開了許多血口子，鮮血凍結成一條條紅跡。

「風神給我披上冰的盔甲，很保暖的。」

背石漢笑笑，又説：

「這是河神端出的奇跡，這是風神留下的奇跡。」

巨人説：「這是你留給人們的教科書，『只要有信心和毅力，就有可能創造奇跡。』」

# 15
## 問號遊藝宮

巨人和杏兒繼續他們的行程。

小松鼠領他們來到問號遊藝宮。

彎彎曲曲的小路通向一座華麗的宮殿。小路兩邊是挺拔的**鑽天楊**[1]。鑽天楊葉子茂密，像巨大的綠傘，為小路灑下一片陰涼。樹下是綠瑩瑩的小草。草地像柔軟的地毯，**蛐蛐**[2]在草叢中鳴叫，小鳥在樹上啼鳴。杏兒抬頭觀看，高高的樹頂上托着一個個鳥屋，小小的鳥屋用粗細不同的樹枝交錯編織在一起，像一個帶蓋的圓籃，精緻而牢固。風吹動大樹，鳥屋就輕輕地搖盪着，像漂在水中的小船。白雲從鳥屋頂上飄過，像雪白的浪。多麼可愛的鳥屋啊！杏兒凝望老鳥從窩裏飛出，小鳥兒嘰嘰喳喳叫着。牠們講些什麼？杏兒很想聽懂小鳥兒的語言，可小松鼠不住地催她快走。

---

[1] **鑽天楊**：一種楊柳科植物。

[2] **蛐蛐**：蟋蟀的別名。「蛐」：粵音「曲」。

「你怎麼總是停住腳看樹頂呀！這樣走走停停，天黑也到不了遊藝宮。太陽落山，遊藝宮就關大門了。快走吧！」

杏兒這才急匆匆追上巨人和小松鼠，穿過綠樹成蔭的草地，直奔遊藝宮。

遊藝宮全是白色大理石砌成的，像一座冰房子。宮頂上一個紅色的問號，閃閃發光，像寶石一樣耀眼。它形象地代替了文字名稱。

走進宮門，只見人們都戴着假面具，微笑的、嚴肅的、高尚的、慈祥的、溫柔的、快樂的、沉思的……華麗的服裝、尊貴的儀表，人們都彬彬有禮，謙虛地點頭、熱情地握手、輕鬆地談話、奔放地跳舞。只有守門人是一副普通的面孔。枯瘦的臉，布滿了深深的皺紋，花白的頭髮，守門人顯得蒼老。他的神情顯得有些疲倦，大嘴巴佔了半個臉，鼻子尖尖的，混在那些惹人注目的面具當中。這副面孔太一般了，似乎很不協調，倒好像他是假面具。

杏兒特別注意到守門人，她悄悄地問：「為什麼人們都戴假面具呢？」

「這是不成文的規定。在這場合裏，人人必須戴假面具。」

「為什麼？」

「因為不適宜露出真面目。」

「為什麼？」

「那會給本人和所有的人帶來麻煩。」

「你為什麼不戴？」

「我只是一個普通的守門人，因此，不需要戴假面具。」

「為什麼別人需要戴它？」

「需要表演的人，都得戴上它。」

「什麼表演？」

「各式各樣的表演。人們隨時隨地都要表演，那是很辛苦的。如果不戴面具，一下子就給人看出本來的面目，人們想辦的事就辦不成了。」

「什麼時候才摘下面具呢？」

「那很難説。有的人直到死後還戴着它。」

「什麼人不戴面具呢？」

「一般説，小孩都不戴面具。像你，就不用戴

它。」

「太好了，我覺得很輕鬆。你見過人們的真面孔嗎？」

「從來沒有。人們都是戴着面具來，又戴着面具離開，從來不露出本來的面目。大家對所有的面具都很熟悉了，如果摘下面具來，反而誰也不認識誰了，我更無法認出每個人來。」

「我一定要看看那些真的面孔什麼樣兒，我太想了……」

「這是一個危險的念頭。」

「我要嘛！」

「你最好去看看小木偶表演，比這些戴面具的表演更有趣。」

「為什麼？」

「你去看看就知道了。」

杏兒隨着巨人和小松鼠向木偶戲台走去。

忽然，杏兒的腦子裏閃現一個念頭：「我一定要看看所有隱藏在面具後邊的面孔，那會是什麼樣兒呢？」她是這樣好奇，簡直忍不住，於是就想出一個

惡作劇的主意來。她獨自跑回大廳，朝所有戴面具的人舉起玩具手槍來，高聲喊道：「聽着！誰要活命，就把面具摘下來，丟在地上。」

人們驚呆了，紛紛摘下面具丟向地面。呀……原來一個個真實的面孔是那樣醜惡。等人們知道這是一個玩笑，眾人非常氣憤，爭着要打杏兒，因為這孩子迫使他們露出了真面目，相互都看清了彼此的真面目，而這是他們最重要的秘密，從來不曾展露過的，今後人們再也不能掩飾自己原來的面目了。他們憤怒得像發了狂的野獸，瞪着兇狠的眼睛朝杏兒撲過來：「殺死她，殺死她……」

杏兒從地上撿起一個假面具來扣在頭上，立刻變成一位很威嚴的權貴人物，儘管她的身子矮小瘦弱，和假面具的身分極不相稱，但這副面孔，立刻把憤怒的人們鎮住了。人們停止了奔跑，畢恭畢敬地垂手而立，杏兒向眾人身後揮一揮手，人羣立刻向後轉，接着就紛紛去搶拾地上的假面具。在爭奪中，有的人甚至扭打在一起。

看來，這假面具還真能唬人。但杏兒不喜歡它。

小孩子不喜歡戴假面具。危險過去，她就丟掉了它，急匆匆地向木偶戲台前跑去。

　　杏兒覺得，還是那個普通的守門人的面孔可愛，因為那是他自己原來的真面目。

# 16
## 誰是真的木偶

　　木偶戲台前人山人海，只見一個個頭頂晃動，卻看不見面孔。人羣幾乎是一層緊挨一層地並肩站着。人與人之間一點兒縫隙也沒有，不要說從人牆中擠過身去，就連伸進一隻手去都不可能。一時也找不到老人和小松鼠，無可奈何，杏兒只好繞到木偶戲台的後邊去。

　　呀！這裏才是木偶戲的奧秘所在處。木偶小丑兒翻跟頭兒多麼靈巧逗樂啊！木偶小仙子跳舞多麼精彩迷人！鳥兒飛翔，老虎撲跳，猴子爬樹，天鵝游水……原來都是由人操縱木偶的牽線表演出來的。小木偶的喜怒哀樂，行動舉止，都掌握在幕後的牽線人手裏。這重大發現，又使杏兒驚奇萬分。那麼可愛的小木偶，原來卻是身不由己呀！

　　杏兒溜進木偶戲的後台側幕旁邊，見小木偶毛猴兒剛退下場來，就悄悄地問：

「你在舞台上那麼快活，擠眼睛撓耳朵，搖晃尾巴，啃吃仙桃，怎麼走下舞台來就哭喪着臉呢！」

「唉！特沒勁。誰不知道猴子最聰明、最伶俐？爬樹、跳遠是我們的拿手本領，可一定要我表演一隻愚蠢的猴子，笨狗熊追上我咬傷了我的腿，還把我遠遠地扔出去，笨狗熊能追上我猴子？笑話！我兩手吊在樹上盪鞦韆，悠過來，悠過去，笨狗熊能抓住我？可演員操縱我身上的牽線，我只能無可奈何地等着笨狗熊抓住我，還要把我的腿伸到它嘴邊，讓它狠狠咬上一口，你說，堵心不堵心？誰不知道，觀眾最喜歡看猴兒戲了，特別是小孩子們，見我一上台，就使勁鼓掌。大家都知道猴子的表演最精彩。我多麼想把我的本領都施展出來，騰空跳、翻跟頭、倒懸、盪鞦韆、爬樹、摘桃……可什麼也表演不成，演員狠狠扯着我身上的牽線，讓我一上場就摔倒在地上，給笨狗熊抓住咬一口，然後把我扔了出去，摔得鼻青臉腫，還要跪在地上求饒：『饒命啊……』真把我猴子的臉丟盡了！我是演員，可表演什麼怎麼表演，自己完全不能做主，真是太悲哀了。我想大哭一場喲！」

「可憐的小猴兒，我很同情你。我想去找那操縱你的演員談一談，請他尊重你的意見。那樣你可以表演得更精彩。」

「萬歲！太好了。」小猴高興地叫嚷着，連續翻了幾個跟頭，摟住杏兒的脖子，雙腳踢蹬着打墜悠，「你真好。請受我小猴一拜。從今以後，你就是我的師父。弟子有禮了！」

杏兒笑了。這小猴真可愛，如果讓它自由地表演，一定非常精彩。她安慰小猴説：「等操縱你的演員下場來，我就找他談。」

「那可使不得！」小猴一蹦挺高，彷彿嚇了一跳似的，急切地説：「他要操縱許多木偶哪！放下小猴就拿起兔子，放下兔子就拿起狐狸，下了場立刻又上場，這且不説，演出進行當中，表演不能有任何改動，哪怕是變一個動作，改換一句台詞兒，那可就亂了套，每個角色都不知該怎麼辦了。那可是大事故，我小猴可怎麼擔待得了哇！」

杏兒説：「那怎麼辦呢？」

小猴想了想，説：「你可以先在側幕裏看戲，等

演出完了，再説也不遲。我忍了這麼久，也不在乎這一場戲。」説着，又上場去了。

「你倒是個好心腸的孩子。」一個蒼老的聲音從角落裏傳過來。

杏兒轉過身去尋找，原來是小木偶老壽星，白鬚白髮，穿着長袍，手拿木杖，慈眉善目地望着杏兒。

「老壽星，你什麼時候上場呀？」杏兒走近前去問。

「我的戲很少，只上場一次，説兩句台詞就下來，所以有很多時間休養。」老壽星笑瞇瞇地回答。

「老壽星，你的表演也由人操縱着嗎？」

「那當然。每個木偶都有幾條牽線。演員操縱這些牽線表現出各種動作和情節來，木偶嘛，都是這樣的。」

「可憐的小木偶，行動完全由別人操縱着，絲毫不能按照自己的意願做事情，這太悲慘了。我一定要和操縱木偶的演員進行談判……」

「你以為操縱木偶的演員就是自由的嗎？他們身上也有許多牽線，不過是透明的，眼睛看不見罷了。

可那牽線比小木偶的牽線結實。來，把這片仙桃的葉子貼在眼睛上，過一會兒拿下來，你就會看到真實的景象。」

杏兒把兩片細長的綠葉貼在眼睛上，清涼清涼的，就像薄荷葉，一股馨香的氣味直鑽進鼻孔裏，杏兒忍不住打了一個噴嚏。老壽星急忙捂住杏兒的嘴，小聲地説：「後台可不能有任何聲音。擾了台上的效果可是大事故。」杏兒用手絹捂住嘴，再打噴嚏就沒有聲音了。過一會兒，老壽星取下了桃葉，她睜眼向舞台上望去，天哪！她看見了什麼？每個人的身上都有幾條又粗又長的牽線，不單操縱木偶的演員是這樣，不上場的導演、編劇，就連看戲的觀眾都是這樣的情況，這透明的線比尼龍繩還結實，由幾隻大手操

縱着。現在這些牽線都沒有扯動，就像沒上場的小木偶那樣，不表演的時候牽線是不動的。

杏兒很想看到真人身上的牽線如何動起來，她想知道這個秘密。

戲結束了。大幕落下來，又拉開。許多人跑到台上，請操縱小木偶的演員簽名。一些很有身分的人和演員握手，還拍照合影。記者忙着拍鏡頭，在小本兒上記錄。操縱小猴的長髮女演員激動得熱淚盈眶。有一位演出公司的人，小分頭，陪同一位寫廣告的專家。廣告專家戴很深的墨鏡，看不清他的眼睛，只從他的講話裏知道他看了演出很感動。

「我要為你寫文章大力宣傳，你的表演太精彩了。各劇種都有猴戲，但你表演得最生動。」

「過獎了，過獎了！全靠您的支持，請多多指教。」

女演員又鞠躬，又點頭，一副受寵若驚的樣子。

演戲當中一直坐在前排座位打瞌睡的白髮長者，由人攙扶着上台向演員致意。演員們都擠在白髮長者身邊拍照，還有的演員跪在長者的身邊。舞台監督急

忙把觀眾獻的花籃交給長髮女演員，由她敬獻給白髮長者。一時舞台上的熱烈氣氛達到高潮，比演出的高潮還強烈。演出公司的小分頭經理，當即邀請大家赴宴。

大家興高采烈地離開劇場。杏兒緊緊追隨着人羣，她驚奇地發現：

這些真人身上的牽線，通向很遠的地方，牽線的源頭由幾隻大手操縱着，手背上印着醒目的大字：「名利、地位、權勢……」扯動這些牽線，不但使人表演出各種動作，還能表演出各種神態、情緒和面孔，例如，笑瞇瞇的謙卑，笑嘻嘻的阿諛奉承，笑呵呵的拍馬討好，裝腔作勢的皺眉瞪眼，虛假的感激涕零。有的人笑是假的，握手是假的，講話是假的，寫文章是假的，連坐立的姿勢都是故意擺出來的。

原來這些活生生的真人，也是由牽線操縱着的。究竟哪是真的木偶？哪是假的木偶？杏兒竟弄不清了。

杏兒悄悄問老壽星：「究竟誰是真的木偶？演員還是你們？」

老壽星一愣，「噓！」他發出制止的聲音，悄聲講：「這是個危險的問題，會招來災禍的。」

　　「為什麼？老壽星，我不明白，真人和木偶，誰更自由一些？誰有自己的頭腦，不受別人擺布和操縱？」

　　「一般地说，小木偶受人操縱而行動，是不得已的。但它們的表演能得到觀眾快活的笑聲和真誠的眼淚，這是很欣慰的事。而真人卻是自願地受操縱，受擺布，按照牽線的指揮而自覺行動，求得……不说了，你也看到了，小木偶下了台，不演出的時候還是自由的。而真人卻不是這樣，無論是在台上，還是在台下，甚至回到家中，躺在牀上，進入睡夢裏，那牽線都操縱指揮着人們，不但迫使人們行動，還操縱人們的想法，人們的腦袋裏也有牽線牽動着，指揮人這樣想，那樣想，產生各種想入非非的念頭。有時人清醒了，覺出那些念頭不正確，可還是受牽線的操縱，去想自己不該想的主意，去幹自己不應做的事，當然，這是很悲慘的。」

　　「誰也不能擺脱那牽線的操縱嗎？」

「很難。只有那些無私的人，才能掙斷牽線的羈絆，成為真正的自由人。但他必須忍受很多痛苦，經歷許多艱難，承受很大壓力，付出很大的代價，才能扯斷自己身上的牽線。」

「太可怕了！」

「不過，小孩子身上多是沒有牽線的。所以輕鬆而又快活。隨着年齡的增長，就會自動地把一條條牽線繫在自己身上。這牽線越來越牢固，最後就扯不斷了。如果你有興趣，可以仔細去觀察一番。這兩片仙桃的綠葉，就送給你了。」

杏兒接過綠葉，正要向老壽星道謝，演員們一陣風般衝了進來，把所有的小木偶裝進箱子裏。

「有緊急任務！」舞台監督叫嚷着。

大家把全部東西裝上車運走了，只剩下杏兒獨自一個待在冷冷清清的劇場裏。

小松鼠和巨人在哪兒呢？

# 17
## 假面具的威力

　　杏兒不敢回到問號遊藝宮去,她已經扔掉了那個救命的假面具,人們發現了她就會要她的命。她只好在街上流浪。開始,她膽戰心驚,唯恐遇上那些戴面具的人。她總是躲躲閃閃,擠在人們的身後,讓別人不會注意到她。她餓極了,很想買點心吃,但她的錢很少,還不夠買一小塊點心。她只想買一塊糖吃。唉,在家中為她準備的點心、水果、巧克力、營養奶堆滿了櫥櫃,她一點兒都不想吃,現在才知買來那些東西不易!如今只要能買到一塊極普通的水果糖,她就很滿足了。她在大商場裏轉悠了很久,到處都是金紙銀紙包裝的高級糖果,價錢貴得嚇人,杏兒過去從來不知道自己吃的糖果要花那麼多錢,她隨便就扔掉幾塊糖,可現在連買一張糖紙的錢都不夠。她望着那些誘人的糖果和點心,肚子更餓了。無可奈何,她向賣冷食的櫃台走去,希望能買一根普通的冰棍兒,結果

她的錢還是不夠。她只好離開商場，在大街上走來走去。後來，她太累了，就朝一個公園走去，希望能找到空椅子休息會兒。當奔向公園門口時，她無意中撞在一個人身上。那人剛從小汽車裏出來，由於杏兒突然跑到他面前，撞掉了他手中的黑皮包。杏兒急忙從地上把皮包撿起來，雙手遞過去，抱歉地説：「對不起……」

天哪！這人就是那個曾摘下面具惱怒地抓住她要狠狠懲罰她的人。他的右手上缺一個手指，手腕上戴着塊閃閃發亮的金殼錶。他已經找回了自己的假面具，重新戴在了頭上。

杏兒嚇壞了，渾身直哆嗦。這下可完了，絕對逃不脱的。沒想到戴假面具的人更害怕，他一眼就認出了面前的這個孩子，她曾經迫使他把假面具摘下來，並且見過他的真面目。這孩子又出現在他眼前，他一時驚呆了。從這孩子的眼神裏可以看出她完全認出了自己。這事非同小可，霎時間他的眼睛發呆，呼吸急促，幸而迎接他的人們奔到跟前，連聲説：「歡迎！歡迎！請您到後院展覽大廳……」戴假面具的人連連

回頭張望，見那孩子並沒追上來，這才放心地隨着前呼後擁的人羣去了。只留下杏兒在公園門口發怔。

「為什麼戴假面具的人反而怕我呢？」杏兒想不明白。但她知道，在眾人面前，戴假面具的人不敢傷害她，於是她大膽地進了公園。她很想知道那假面具會有什麼樣的效果，就追着走到公園裏的大展覽廳，看見許多人在和戴假面具的人握手。攝影記者、電視記者都把鏡頭對準了假面具。還有不少人，請他簽名，爭着跟他合影。陪同人員費很大勁兒才把圍觀的人羣阻擋住，戴假面具的人這才走到一幅幅名畫前仔細欣賞。他每講一句話，就有人用小本兒記下，還有人用答錄機錄下來，時而響起一陣掌聲，對他的微笑和談論表示感謝。當他走到一幅山水畫前，有人舉起相機對準了他，準備拍下以雄偉山巒為背景的半身照。就在這時，杏兒擠到了假面具面前，説：「我認識你……」

假面具嚇了一跳，眼光驚慌而又兇惡，但他很快就鎮靜下來，假面具上仍是那微笑的面容，眼光也變得和藹可親，聲音溫和地説：「我很高興，許多人都

説認識我！」

「我認識摘下假面具的你！」

假面具用兇狠的眼光掃了杏兒一眼，但仍舊微笑着，說了一句：「小孩子很有趣啊！」然後，立即轉過身向前走去，風趣地和陪同人員談論着，彷彿站在他身後的杏兒根本就不存在。然而仔細觀察的話，就會發現：他的手在簌簌發抖。

杏兒還想追過去，有人一把抓住了她，訓斥說：「你想幹什麼？」

杏兒說：「我想看看他摘下假面具的真面孔。」

「你胡說些什麼！出去！出去！」工作人員把杏兒推到一邊。

「真的！他戴着假面具，我知道的……」

人們好奇地圍了起來，紛紛問：「怎麼了？怎麼了？」

「小孩子掏人家的錢包！」工作人員狠狠地揪住杏兒，把她拖出展覽廳。

「你胡說！我不是……」杏兒申辯着。

「還嘴硬！去跟警察說去！」工作人員大聲吆喝

着。

「小偷！唉，這麼小的年齡就……」

人們感歎地搖着頭。

展覽大廳裏又恢復了平靜。

# 18
## 奇怪的審訊

　　杏兒被推進一個屋子裏。這屋中四周全是鐵櫃，當中放着兩把椅子。抓杏兒的人像根瘦竹竿兒，他進屋就一屁股坐在椅子上，兩眼瞪着杏兒，惡狠狠地説：「你為什麼搗亂？你侮辱了一位很有身分的人，給這次展覽帶來了極壞的影響。説，什麼人派你來的？什麼目的？老老實實講出來，否則，可夠你受的。你的同夥在哪兒？」

　　「我沒有同夥。」

　　「誰指使你來的。」

　　「沒人指使我。我自個兒來的。」

　　「你還嘴硬！説！你想要什麼？」

　　「我要吃東西。我只有一分錢，還丟在了路上。」

　　「吃東西？你糾纏一位有身分的人，就是想要吃東西？」

　　「我很想看看他戴假面具怎樣表演，挺好玩兒

的。」

「什麼？什麼？你瘋了？」

「我見過他摘下假面具的真面孔，一點兒也不好看……」

「別跟她磨牙浪費時間了，讓她把犯罪事實寫出來，給她紙和筆。」

一個黑臉兒大漢走進屋裏來吼着。問話的瘦竹竿兒男人，甩給杏兒一張紙一枝筆，二人到屋門外聊天兒去了。

「一個小丫頭，嚇唬嚇唬她，趕出去算了！」

「好歹有個像樣兒的處理結果，對那位有身分的人物，得有個交代呀。這事不處理好，我擔待得了？」

「那就讓小丫頭寫口供交上去，批幾個字：嚴肅處理。罰款。」

「罰款？哈哈哈……」瘦竹竿兒男人仰面大笑，「她只有一分錢，還丟在路上了。」

「那就訓斥一頓。把她的罪過記下來裝進鐵櫃裏，過幾十年再補罰她。」

「她要是死了呢？」

「那就罰她的親屬。」

「為什麼不現在就罰她的親屬呢？」

「對呀！這可是個好主意！」

兩人回到屋裏來，黑臉兒大漢兇聲兇氣地對杏兒吼着：「寫完了沒有？」

「啊？你怎麼在紙上畫了一個怪物！」瘦竹竿兒男人看了杏兒手中的紙驚叫起來。

「那戴假面具的人，本來的面目就是這樣的……」杏兒低着頭小聲説。

「老天爺！虧你想得出來，把世界聞名的人物畫成這樣一副醜惡模樣。」瘦竹竿兒男人叫道。

「人家可是為展覽會捐贈了一大筆錢，正要為他鑄銅像呢。」黑臉兒大漢説。

「真的！他本來的面孔就是這樣的嘛。」杏兒仍堅持説。

「這麼説，你會畫畫兒嘍？」瘦竹竿兒男人問。

「我得過兒童畫展的第一名。」

「那你給我畫張像。畫好了，就不罰你。」黑臉兒大漢説。

「你的眼睛很兇。我畫出來，你會生氣的。」

「你説什麼？」黑臉大漢怒氣沖沖地問。

「看你，眼睛更兇了，怪怕人的⋯⋯」杏兒撅着小嘴説。

「得，得。那你就畫我吧。」瘦竹竿兒男人説着，又給了杏兒一張白紙。

杏兒並不看瘦竹竿兒男人，就在白紙上畫起來。

「嘿！還真像。」瘦竹竿兒男人驚喜地叫着。

「嗯！是你那份兒討嫌的樣兒，嘴角向下咧着，鼻孔向上翹着，薄嘴唇，大門牙向外齜着⋯⋯」

「可我的樣子不兇呀。」瘦竹竿兒男人得意地説。

「這樣吧！你好好給我畫張像，就不罰你了，我還放你走。」黑臉兒大漢立刻做出很和氣的樣子，還給杏兒倒了一杯水。

「畫完了，就放我走，是嗎？」

「好説，好説。」黑臉兒大漢極力討好地説。

杏兒鋪好了白紙，看也不看黑臉兒大漢一眼，就動筆畫起來，先畫臉的輪廓，又畫眼睛。

「你可千萬別把我畫得很兇。我現在對你很和

氣，是不是？」

「以後你還那麼兇嗎？」杏兒認真地問。

「不啦！不啦！你把我畫成什麼樣兒，我就保持什麼樣兒，永不改變。」

「你能保證對誰也不兇嗎？」

「當然了。從今以後，我對誰也不兇。特別是對小孩子，我會很和氣的。怎麼能對小孩子兇呢？把小孩子嚇壞了怎麼辦？」黑臉兒大漢笑嘻嘻地說，唯恐杏兒把他畫成兇狠的面目。

杏兒說：「那好吧！我相信你的話。」

杏兒就把黑臉兒大漢畫成了笑嘻嘻的神態。

「嘿！可真像我，比照片還像。」黑臉兒大漢樂得拍大腿，高聲叫起來。

「還真像。這小丫頭有兩下子。」瘦竹竿兒男人說。

「你很聰明，不像是專門幹壞事的孩子，為什麼今天要來這兒闖禍呢？」

黑臉兒大漢和氣地問。

「我只是想知道，人戴上假面具幹什麼？為什麼

把自己原來的真面目遮蓋起來呢？難道人們看不出那假面具嗎？」

「小孩子，這你就不懂了。人是需要假面具的。沒有假面具，怎麼能成為富豪？如果一位名人沒有假面具，見到他的人們就會失望：原來名人也很一般，和普通人沒什麼兩樣。誰還會崇拜他呢？」黑臉兒大漢耐心地講明他的道理。

「為什麼要欺騙別人呢？人們又為什麼喜歡騙子呢？而且還不允許揭穿假面具。」杏兒感到迷惑。

「因為，越是重要的人物，也就更需要假面具。很重要的人物，是有權有勢有錢有地位的，因為他們重要，很多事情是由他們決定的。比方說，國王可以決定一切，只要他說一句話，就能決定：誰當官啦，誰坐牢啦，誰率領千軍萬馬啦，誰掉腦袋啦……國王戴着面具，你卻把他的面具摘下來，那不是很荒唐的事嗎？」

「你認為戴面具很荒唐，可人們認為你摘下他人的面具更荒唐哪！小孩子的真理常常是行不通的，成人有另外的真理。你要明白，真理不能只有一個呀！

所以，小孩子是很可笑的，非常可笑。」

「揭穿假面具，讓大家知道真實的情況，這樣做不對嗎？」

「也對，也不對！因為，這個世界不需要你揭穿假面具。你那樣做，讓戴假面具的人很難堪，很狼狽，很氣憤。人們崇拜那假面具，你卻偏要把它摘下來，誰給了你這權力？你為什麼要干涉別人的事呢？」

「我相信老爺爺的話。許多人為了真理，甘願犧牲一切，無私無畏。」

「這樣的人是少數。他們的結局很悲壯，他們的名字流傳千古。但他們不可能把卑鄙的人全部消滅。卑鄙的人在暗處，什麼手段都可以用，高尚的人在明處，他們堅持真理，卻不會用卑劣的手段。而高尚的人追求的真理，卑鄙的人是根本不承認的。」

瘦竹竿兒男人口吐白沫兒，講了一大篇道理。

杏兒搖搖頭，說：「還是老爺爺的話對。我要去找老爺爺。」

「那就隨你的便。因為你為我們畫了像，而且畫得不錯，我們才告訴你這些道理，對別人是從來不講

的。就像那面具一樣，是不能揭穿的。講真話，也是不容易的。就算是我們對你的酬謝吧，把真話都給了你。信不信由你，聽不聽由你，我們是盡了心盡了力的，我們還從來沒這麼做過，以後也不會再幹這種傻事。這是唯一的一次。」

杏兒說：「謝謝你們。可我不願接受這樣的道理。我相信老爺爺的話，真理只有一個。我不會改變自己的想法。」

「除非你永遠是小孩子。」黑臉兒大漢惋惜地說。

「我要去找老爺爺了。他答應給我指路的。」

「但願你少受些苦。不會有那麼多好人，像我們這樣對你講真心話的。」

瘦竹竿兒男人說着，眼睛裏竟滿含淚水。

「你還是要把我們的話認真想一想，對你是有用的。」黑臉兒大漢也動情地說。

杏兒笑了笑，告別而去。她不知等待她的將會是什麼。但巨人眼睛裏那智慧的光，在她心靈裏閃爍，給了她力量和勇氣。

「站住！」一聲嚴厲的吃喝，追過來一個人。他

三角臉，尖下頷，一雙小綠豆眼睛骨碌碌亂轉，把杏兒全身掃了一遍。他用乾硬的大手抓住杏兒的肩膀。

黑臉兒大漢和瘦竹竿兒男人也跑了過來。

「放我走！」杏兒全力掙扎起來。

「你走不了！」三角臉怒氣沖沖地說。

# 19
## 非非學院

「必須送這孩子進非非學院檢修腦子，不然，她會危害社會。」

三角臉要帶杏兒走。

「可她還是個孩子，才讀小學二年級。」瘦竹竿兒男人為杏兒說情。

「她還不懂事呢，我們已經開導過她了，就放她走吧！」

黑臉兒大漢也幫腔求情。

「住口！你們兩個嚴重失職，應該處罰，還敢阻擋我執行公務？」瘦竹竿兒男人和黑臉兒大漢嚇得後退幾步，眼看着三角臉把杏兒帶走了。

這三角臉具有雙重身分。他是「想入非非學院」院長，人們簡稱「非非學院」，又是凌雲公司總經理。那座非非學院就是總經理先生創辦的。據三角臉院長說，學院培養了不少高水準的人才，俗稱尖子學員，

後來都為凌雲公司賺了大錢。因此，凌雲公司的投資是很有價值的。總經理準備擴建幾所分院，搜羅更多的學員。只要發現了適合進入這學院的對象，毫不遲延，立即行動，抓了進去。他和有關部門配合，取得了顯著的成效。今天，他正在給畢業生講話，並宣布把他們分配到公司的各部門去，這時他接到電話，向他報告可送來一名新學員，他急急忙忙趕來。他緊緊抓住杏兒的胳膊，唯恐她從手中逃跑似的。

「我不去！放開我！」杏兒哭叫着。

「你必須去，這由不得你。你不要怕，像你這樣滿腦袋怪念頭的人，學習期滿會很有出息的。我保證，你會喜歡我們的學院。」

三角臉把杏兒塞進密封汽車裏。汽車嗚地一下開到一座高大院牆內，立刻有人拿來新制服給杏兒換上，胸前別一個號碼 8888，意思是八千八百八十八號學號。

「你太幸運了，前程無量。8888，多麼好的數字竟給你碰上了。你會發大財，發……」辦公室的人們讚歎着。

院長繼續他的畢業典禮講演，並把 8888 號新學員介紹給大家。所有的人都用羨慕的眼光望着杏兒，這數字可只有一個。當年的 888 學員就夠美啦，他的照片掛在禮堂裏，向着大家微笑，人們稱他為幸運之星。他發展了凌雲公司，幾年內成立了幾十個分公司，他任凌雲公司副總經理。這位副總經理，赫赫有名，個人每年向非非學院捐贈一大筆經費。學院以此為榮，新學員入學，首先要知道這位學長。於是院長從 888 號學員的成就，講到對 8888 號學員的期望，生動地闡述了學院從 0 發展到 888，又發展到 8888 的光榮歷程，輝煌的成績，社會的讚譽。這演講使大家非常感動。院長還親自為畢業生頒發了證書和獎牌，熱烈地擁抱他們每一個人。唱畢業歌時，許多人激動得流下熱淚。然後，全體聚餐，碰杯，歡呼，祝福，告別⋯⋯

　　杏兒對所有的一切都不理解，但她卻美美地吃了一頓飽飯。她實在太餓了，簡直沒嘗出什麼滋味來就吞了進去。主任給杏兒安排了學習計劃。她是重點培養對象，要精心培養。先學人際關係基礎課；然後由

厚臉皮博士教她讀靈魂交易系的課程，學會拍馬、鑽營、阿諛奉承等專業；再由偽君子博士做她的導師，教她投機取巧技巧專業，這位導師著有《當今之秘訣》，發行了幾千萬冊，成為暢銷書，還有許多手抄本廣泛流傳，一時偽君子成為名流，電視台和報紙上還登了他的照片。於是他又有幾本專著問世，如《謊言如何變為真理》、《如何成名》，等等，許多人紛紛拜讀，奉為珍本。除了兩位博士做導師，還由瞎話簍助教輔導她讀假話藝術系的功課，一時間，全體學員對8888號又羨慕又嫉妒，稱她幸運之星二號，簡稱二號星。

然而，幸運之星二號卻令非非學院很失望，她每門功課的成績都是零。導師花了很多精力培養她，可她就是不能成才。她的腦袋裏淨是些怪念頭，提出來的問題令導師瞠目結舌，難以回答。有一次，偽君子博士傳授「勾心鬥角術」的課時，二號星竟然睜大眼睛認真地問：

「把那些勾心鬥角的心挖出來，把角鋸掉，人世間不就寧靜了嗎？」偽君子博士先是驚呆了，繼而暴

跳怒吼，並向院長提出控訴，二號星竟敢侮辱導師的人格，並準備對導師行兇。作為導帥，對這樣的學生非常寒心，必須嚴厲處罰。

教師會議上，有人主張對二號星關禁閉，有人提出記過，有人建議罰她勞動，偽君子則堅持開除。會議開了三天三夜，經過反覆研究，認為開除對學院影響不好。學員本是強制入學的，如果開創了開除的先例，以後學員想離開就鬧學怎麼辦？最嚴厲的懲罰應該是：不准畢業，繼續學下去，直到成績和表現達到標準為止。

於是，二號星成了永久學員。畢業生一批又一批離開了，只有二號星每屆都畢不了業。她的成績總是零分。看來她今生今世是不會畢業的了，學院已經安排她邊學習邊幹雜務活兒。大家只可惜那 8888 號，白白給她糟蹋了。有人說她是永遠升不起來的星，有人稱她掃帚星，看來，她只能在學院裏養老了。

誰知，新任的院長霹靂先生，改變了二號星的命運。這位霹靂院長的到任，立刻使非非學院天翻地覆。

# 20
## 霹靂院長

　　非非學院的對面是苦苦大學。那裏只有幾間破舊
的小平房，實際上只是一排簡陋的棚屋，屋頂只蓋了
幾張油氈，屋牆是葦席，冬天漏風，夏天悶熱。教室
裏有幾排木板當桌椅。操場只是泥土地，有風就起土，
有雨就成泥。大學裏唯一美麗的東西是茂密的樹林，
挺拔的鑽天楊、四季常青的松柏樹、垂掛枝葉的扁葉
柳、雄偉的梧桐樹，還有那開花結果的杏樹、桃樹、
梨樹、柿子樹、石榴樹、櫻桃樹、栗子樹。屋前屋後、
牆邊路旁、坡崗溝岸，到處是樹，連校牆都是樹叢圍
成的，玫瑰、月季、花椒樹、酸棗樹。春天，滿園花開，
紅的、黃的、白的、粉的，組成花的海洋。清風吹過，
花瓣兒紛紛飄落，鋪成花的地毯，清香四溢。夏天，
大樹送爽，茂密的綠葉灑滿陰涼。秋天，果實累累，
收滿筐，裝滿窖，滿院果香，一片豐收景象。冬天，
樹木挺立在院牆站崗，白雪給它們裹上銀裝，別是一

番動人景象。

　　苦苦大學富有自然的美，教學也很奇特。學生們專練苦功夫，專攻硬本領，造就一副硬骨頭，肩膀挑重扁擔不溜，腰板挑重挺直不彎，腳掌走坎坷的路不斜不歪，頭頂重擔不低頭。學生們必須苦讀，苦學，苦幹，苦練，直到成績全佳才能畢業。學生們自願來自願走，不受任何限制。可這所大學年年招生，還從來沒有一名學生畢業過，而且學生越來越少。他們陸陸續續地離開，紛紛轉學到非非學院去了。三角臉曾得意地說：

　　「苦苦大學是非非學院的後備軍。多少年來為非非學院提供了不少尖子學員。」

　　苦苦大學的校長卻不失望，堅持學生來去自願的原則。他坦然地說：

　　「人各有志，路是要自己走的。」

　　後來，苦苦大學只剩下一名學生，他苦學苦讀八年終於畢業了。這是苦苦大學唯一的畢業生。他畢業以後，苦苦大學就不存在了。非非學院已經買下這片校園，把它合併在一起了。苦苦大學的校長只堅持一

個條件，那就是：必須任命苦苦大學的畢業生硬骨頭做非非學院的院長。

雙方終於達成協議。硬骨頭到非非學院任院長了，人稱霹靂院長。為此，非非學院買到苦苦大學的校園幾乎沒花什麼錢。那果園卻是一個聚寶盆，年收入支付非非學院的全部費用還有餘。這是現成的搖錢樹。霹靂院長能怎麼樣？三角臉安排了十八位副院長，他自己任凌雲公司總經理兼管苦苦大學果園，苦苦大學的牌子已經摘掉，校園換名為「甜園」。

可霹靂院長上任第一天，就震動了非非學院。他做出決定，停了所有專家的課，撤了所有系主任的職，宣布設立一系列新學科。開始，眾教授和副院長一片譁然，咒罵的抗議的都有。但霹靂院長的一個個「霹靂」很嚇人，他的硬骨頭精神使大家無可奈何，所以很快也就平靜下來。

三角臉天天忙於「甜園」的果子銷售工作，這是最實惠的事，他顧不上管非非學院教學的事了。十八位副院長分管凌雲公司的十八個分公司，各顯神通，也去掙大錢了。各系主任，博士、碩士導師，忙着撰

寫暢銷的專著，各方面來拜讀的門生絡繹不絕，何必在學院授課？而且自收門生，收入非常豐厚，課時也自由，隨來隨教。這些自由學生都是神通廣大的人物，不但給導師送來很高的收入，而且為導師建立了各種關係網，還通過各種管道，對導師胡吹亂捧。導師成了世界名人，自己是導師的得意門生，不也跟着成名了嗎？有的學生主動寫了幾十篇文章，論述導師如何教學有方，終於使他成為難得的人才。他對恩師如何崇拜，他的成就和導師的指教分不開，導師收學生很嚴格，除非確有培養前途，他是不肯賜教的。非非學院原有教職員工各尋出路，倒也沒人去干預霹靂院長的事。

霹靂院長命令全體學生都去「甜園」勞動，然後進行選拔。三角臉很高興，學生幹活不用支付工錢，產品賣了錢都歸他自己，這是無本萬利的生意。可學生們在非非學院受過訓練，生意經很精通，應付各類人各種事的手段相當厲害，他們還能不明白這裏邊的奧妙？但他們對三角臉極力討好，稱他為「我們崇敬的導師和父親」，並且發誓永遠效忠這位父親。這使

三角臉大為感動，等果園收穫結束，他就支持這些學生先後退了學，一個個分別進了凌雲公司的分公司，實際上等於提前畢業找到了工作。這些有本領的學生果然厲害，他們先是對原來的導師感恩不盡，但很快就取代了導師的位置，而且把導師擠出了公司。他們自己誇耀說：「這是青出於藍而勝於藍。」

苦苦大學原來的校長非常認真，耗盡了他畢生的心血，只培養出「霹靂」一個畢業生。他相信這唯一的畢業生能繼承自己的遺願，把苦苦大學的傳統精神發揚光大。果園算什麼？失去了還可再栽培，幾年之後，又是一片果園，硬骨頭若培養出一批學生來，就能完成宏偉的事業。而培育人才比培育優良品種的果樹要難得多。老校長在硬骨頭即將上任向他告別時，離開了人世。他沒有親屬，沒有遺產，只有四句遺訓留下來：「為人正直，疾惡如仇。獻身事業，堅忍不拔。」

霹靂院長把這四句話懸掛在自己的牀頭，每天背誦幾遍。

霹靂院長治學的一系列計劃制定出來了，但學

院只剩下一名學生，那就是二號星。就這樣，一位院長兼導師，教一名學生，非非學院開課了。那些離開非非學院的學生，以及過去畢業於非非學院的學生，還有被解聘的教職員工，對霹靂院長進行了猛烈的攻擊，凌雲公司及甜園都發表聲明，脫離非非學院獨立經營了。

霹靂院長想了想，學院的名稱何必叫非非學院呢？於是改名為苦苦學院。二號星盼望能找到巨人老爺爺。霹靂院長想幫她刊登尋人廣告，可所有的廣告都由原非非學院的人掌握，一個字也印不出來。怎麼辦呢？霹靂院長決定為二號星辦個畫展，人們來看畫，說明書上印着巨人老爺爺的畫像，一傳十，十傳百，不就把消息傳給巨人老爺爺了麼。

這一計劃使二號星激動萬分。

# 21
## 嚇一跳畫展

　　經過艱苦的準備，二號星個人畫展終於開幕了。聽說畫展的展品很豐富，原非非學院所有成員的畫像，都陳列在展覽廳裏，形成系列人物畫廊，很值得一看。霹靂院長上任以後，許多驚人的消息傳出來，很是引人注意，人們懷着強烈的好奇心，想知道有關這位人物的一切，也想看看非非學院的變化，而且，一個關於非非學院的系列畫展，也引起不少人的興趣，許多人是懷着看熱鬧的心情趕來的。

　　這一天，畫展開幕式的盛況非同一般。

　　人們談笑風生，握手問候，炫耀喧嘩，彷彿重大的節日。很多人自動請來記者、攝影師，準備留下自己及自己畫像的形象。同時，可以借回母校的機會，向霹靂院長示威，讓他看看，他面對的是些什麼人，有多大的分量，使他今後考慮問題時可以清醒一些。

　　畫展的第一幅巨畫，是一位巨大的老人，白鬚白

髮，眼睛閃着智慧的光，高大的身軀像寶塔一樣矗立着。這幅巨像，很引人注目，從展廳門外，就能感覺到巨人那感人的目光。

畫展開幕儀式結束後，人人拿着說明書進入展覽廳。霎時間，一陣刺耳驚心的怒吼聲，震動了整個校園。外邊的人不知發生了什麼事，急着擠進展覽廳，裏邊的人氣呼呼向外衝，一片叫罵聲，那些不堪入耳的髒話，和身穿講究服裝的人的身分極不協調。他們氣急敗壞，也顧不上什麼體面，一個個氣勢洶洶地向霹靂院長提出抗議，並揚言要向法院起訴：這畫展嚴重歪曲了他們的形象，主辦者可以構成誣衊罪，應該受到法律的制裁。記者們把霹靂院長團團圍住，請他回答各種提問：

「為什麼舉辦這次畫展？系列畫像的目的是什麼？」

「是否準備向抗議者賠禮道歉？」

「系列畫像為什麼對某些人進行醜化？」

「你在這次事件中負有什麼責任？」

「能給畫家拍照嗎？」

「你對那些人物肖像怎樣評價？」

「這些畫像是創作。構成系列人物頭像，充滿豐富的想像力，並沒有標明是什麼人的畫像，也不存在歪曲誰的形象問題。」霹靂院長坦然地微笑着回答記者的提問。

「可畫像畫的就是我們！千真萬確，就是我們的肖像。你抵賴也沒有用。」

三角臉咬牙切齒地咆哮着，揚起攥緊的拳頭。

「那就是説，你承認自己的形象就是那樣子了，是嗎？」

霹靂院長問。

「當然，一眼就能看出，畫的是我。」三角臉氣呼呼地叫着。

「既然你自己承認是那形象，也就不存在歪曲你形象的問題。」

霹靂院長還是微笑着從容地回答。

「那畫像歪曲了我的形象，把我畫得很醜惡，我從來不是那個樣子。」三角臉吼叫着。

「既然你不是那個樣子，那畫像就不是你。你抗

議什麼？」

三角臉呼哧呼哧大喘氣，一句話也講不出來。

「你還狡辯、抵賴！你會得到足夠的教訓。」

「你要對這挑戰付出代價。」

「你應該知道，未來等着你的是什麼！」

「你這無賴，也配在社會上露面？」

原非非學院的成員，用咒罵作武器，向霹靂院長發出猛烈的攻擊。

消息傳開，人羣紛紛湧向畫展，擠得水泄不通。系列人物肖像畫成了頭號新聞，不少人搶着拍照、攝像。

記者們圍住二號星，緊緊追問：

「請告訴我們，你畫的是誰？可以公布那些人的名字嗎？」

「我畫了一些人的羣像，是我想像出來的人，是我熟悉的人，也是各種場合都可以碰到的人。這些人有時就在自己身邊。」二號星認真地回答。

「妙極了。」一些人拍手叫好。

「你是否有意醜化攻擊某些人？」

「這些畫中的人物，是他自己從我的畫筆下跑出來的。」

「啊！太妙了。」

「這才是真正的創作。」

「這是個小騙子、小扒手。她在非非學院成績最差，考試從來不及格，她永遠也不會畢業……」

原非非學院的人叫喊着。

「可她是個天才。事實已經證明她是天才。」

有的記者說。

「我只是喜歡畫畫兒，畫我想畫的一切。我覺得畫畫兒很有趣，不但能畫出人的面貌，而且能畫出人的內心。」

又是一陣掌聲。

許多相機對準了二號星。

「砸爛這個畫展！」

一聲狂叫，引起一羣人狂呼。接着，衝進畫展的一些人亂砸亂打，搗毀了展覽廳的展品。如果不是人們及時採取措施，他們就會立刻燒毀了全部畫展。

展覽廳裏展開了一場激烈的搏鬥。

# 22
## 幸遇

　　畫展全部損壞了，殘破的展品拋在地上。系列人物畫變成了碎片，一點形象也沒留下。

　　展覽廳裏寂靜無聲，二號星望着地面的畫稿碎片，久久佇立着一動不動，在心中默默地自言自語：

　　「那些戴假面具的人，那些怕自己的肖像被人認出來的人，他們活得好自在，活得好神氣呀。」

　　月光如水，灑下一片清冷的光。朦朧中，巨人走向前來，親切地呼喚着：

　　「孩子……」

　　二號星睜大眼睛，歡呼着撲向巨人懷中。

　　「老爺爺，我可找到你了！」

　　巨人撫摸着二號星的頭，親切地説：

　　「我到處找你，聽説這個畫展，才知道你的下落。」

　　二號星難過地説：

「畫展毀了，畫像全毀了，什麼也沒有了……」

巨人説：

「畫展毀了，可那些畫像裏的人物還在展覽。畫像可以毀掉，人呢？怕露出自己真面目的人，必有一個卑劣的靈魂。雖然他們很得意，但卻是非常怯弱的。在畫展上，多少人露出了自己的真面孔啊！可以説是畫展和真人展覽同時開幕的。這是多麼難得！」

二號星説：

「奇怪的是，善良的人們是多麼容易受騙啊！人們不但崇拜社會上那些騙子，還把他們的謊話當做真理呢。」

巨人説：

「這不奇怪。騙子總有一套愚弄善良人的本領和手段。要揭穿他們並不容易。正直高尚的人妨礙他們行騙，所以常常遭到他們的暗算和傷害。人生的道路崎嶇曲折，就是善和惡搏鬥的歷程。古往今來，多少英雄偉人，以悲劇告終，令人感歎淚下。驅除醜惡是很艱難，但能鍛煉出堅強的意志。和醜惡搏鬥時，真善美才閃爍出光彩。」

二號星說：

「我有點懂了。」

一陣風將展覽廳內的碎紙吹起，像片片落葉飛舞。霹靂院長走近前來，二號星快樂地叫着：

「我找到了老爺爺，我找到了老爺爺！」

霹靂院長面向巨人深深鞠躬，好像第一次見到教師的小學生。

巨人伸出大手，熱情地說：

「我們早就熟悉了。」

霹靂院長說：

「我日日夜夜期待着能見到你。」

「我們的天地廣闊。沒有名利的鎖鏈拴住手腳，沒有貪婪的陰謀羈絆心靈。我們無私無畏，純真的心靈自由地馳騁，雖然不見面，心卻是在一起的。」

巨人緊緊握住霹靂院長的手，親切地說。

「我不明白，為什麼那些靈魂醜惡的人，倒活得挺自在呢？」二號星問。

霹靂院長說：

「那有什麼奇怪呢？臭蟲、蝨子、跳蚤也存在呀，

牠們爭着吃人血，有時藏在貓身上、狗身上，甚至躲在繡花的被褥裏、毛絨的衣服裏，有機會就吸吮人的血。牠們生存的能力很強，而且繁殖得很快，活動得很倡狂，只要能吸人的血，牠們決不放過任何一個機會。你不能和臭蟲、跳蚤講道理，只能消除牠們賴以生存的條件，不讓牠們繁衍。而這是要費很大力氣的。所以，用不着氣憤，也不必驚訝，認真對待就是了。」

「我明白了。」二號星點點頭，問霹靂院長：

「我要和老爺爺走，院長，你答應嗎？」

「當然答應。你有才華，心地純正，和老人在一起，會走出一條堅實的路來。」

霹靂院長誠懇地說。

「非非學院的人，還會找麻煩的。」二號星說。

巨人笑笑，安慰二號星說：

「他們不會再找你的麻煩。」

「為什麼？」

「因為你一無所有。」巨人說。

「實際上，他們是怕你的。那些戴假面具的人，那些怕露出真面目的人，都是害怕你的。你比他們有

力量。」

霹靂院長說。

「你呢？怎麼辦？」

二號星問。

「一切從零開始。一次又一次地從零開始，終將完成一番事業。」

霹靂院長說。

「一次又一次地從零開始，本身就是輝煌的。勇敢者的貢獻，就在他走過的路程裏。」

巨人響亮的聲音在空曠的大廳裏迴響。

濃煙般的雲團飄盪在天空，像烈馬奔馳，像海浪翻滾，有時將月亮捲裏起來。朦朧的月光就像濃霧中的漁燈，模糊而又遙遠。大地罩上沉重的黑網，萬籟無聲。三人默默地走出展廳，彷彿走出幽深的暗洞。

路，在黑暗中，向前延伸。

會唱歌的畫像

# 23
# 買誠實的人

　　巨人和二號星來到一座很大的城市。城門上嵌着閃光的銅釘，又堅實又漂亮。城牆是用巨大的石塊砌成，幾百米高，十幾米厚，真比銅牆鐵壁還牢固。

　　進這座城的城門，必須交門票。門票由一個小老頭售出。買票不用普通的錢幣，銅幣、銀幣、金幣都不行，紙幣更不行，必須用一種石幣。圓圓的石幣像酒盅一般大，當中一個方形的孔，一條紅絲繩串起來，敲一敲，叮噹響。石幣閃光耀眼，能照出人影。這樣的石幣哪裏有？去找滴溜溜轉先生呀！

　　巨人和二號星沿着高大的城牆走了又走，走得腿都酸了，兩腳磨出了水泡，才見到滴溜溜轉先生。他個子不高，全身各部分都呈球形，圓腦袋，圓身子，像大號球上邊擺了個中號球。圓胳膊圓腿，像吊了四個中號球。圓手圓腳，像掛了四個小號球。另外，眼睛是圓的，鼻子是圓的，嘴是圓的，耳朵也是圓的，

好像丁零噹啷掛了一個又一個圓櫻桃，難怪他的名字叫滴溜溜轉。特別是他的眼睛，像兩粒滾珠一樣不停地轉動。

二號星走上前去，急切地問：「你能給我們石幣嗎？我們要用它去買門票。我們必須從這座城經過。」

「當然可以。想進這座城的人，都是從我這兒得到石幣的。」

滴溜溜轉講話的時候，眼睛轉動了幾百下。

「我們怎樣才能得到石幣呢？用錢買？還是給你畫張畫兒？我給你畫張像好不好？」

「噢！那可不行。只有一樣東西，可以換到我的石幣。」

「什麼東西？」二號星急切地問。

「誠實。」滴溜溜轉揚揚得意地回答。

「誠實也可用來做交易？」

巨人用嚴厲的聲音問。

「當然。這有什麼奇怪的？我們通過換石幣，培養了大批人才，他們從這座城市走出去，個個飛黃騰達。那些具有超眾才華的人，就留下來，管理這座城

市，並且指導那些得到石幣能進入這座城市的人。他們很辛苦，但貢獻很大，培養了一批又一批畢業生，可以說桃李滿天下。」

「請問，怎麼才能畢業呢？」巨人仍舊用嚴厲的聲音問。

「當他能夠以誠實為恥的時候，就可以畢業了。當然，這需要徹底轉變觀念，要認真花一番工夫才行。不過，凡是走進這座城市的人，沒有不能畢業的。也就是說，人人都會得到合格的成績，也說明這裏確實教學有方。」

滴溜溜轉似乎很自豪地講了這番話，而且還追加了一句：「你們不妨試試。等你們離開這座城市的時候，一定聰明過人，儀表非凡，從你們身上再也找不到一點誠實的影子。」

「那不變成騙子了嗎？」

二號星發出一聲驚叫。

「這是你現在的看法，也就是過去的看法。當你走進這座城市，經過一段時間的薰陶，看法就會轉變。離開這座城市的時候，你就會認為這樣的看法很

可笑。一般説來，小孩轉變得都很快，常常成績驚人。這位老人麼，看來不一定適合走進這座聰明城，我認為，你還是獨自進城的好，這位老人可能會妨礙你的出色成績。」

「你想讓我變成一個小騙子？太可怕了！」二號星叫起來。

「應該説是聰明過人。你還沒明白這裏邊的奧妙。」

「我不想明白你的道理。我也不進這座騙人城。」

二號星拉住巨人，氣憤地離開了。

「真愚蠢！頭一次碰上這麼頑固的小腦袋瓜兒。這説明聰明城存在的偉大意義。」

滴溜溜轉連連搖頭，像圓球一樣旋轉起來。

城牆又高又大，但遮不住廣闊的天空。城門又厚又重，但關不住飛翔的小鳥兒。野花噴吐清香，青草鋪蓋了地面，河邊的老柳樹投下飄動的樹影，魚兒在樹影裏游來游去好自在。水面映出藍的天，白的雲。清風吹過，水波把耀眼的陽光搖成碎金，沉落在深深的河底。片片落葉像小船一樣漂向遠方。腳步聲驚動

了草叢裏的青蛙，撲通，撲通，青蛙紛紛跳進水中。

「小青蛙，別怕，不會傷害你們的。」

二號星望着逃開的小青蛙叫着。

「呱！呱！」幾聲蛙鳴，不知牠們回答什麼。

二號星快活地笑起來。

「我們不妨進城去看看。」

巨人望着流向遠方的河水，深思着説。

「我可不想用誠實換那騙子的石幣。」

二號星憤憤地説。

「我們不用石幣，悄悄地進城，察看一番，不是很有趣嗎？」

「真的？可城門很厚很結實，又有衛兵把守，怎麼進城呢？」

「你忘了？我們是怎麼從鎖了門的展覽廳裏出來的？」

「對呀！我們能從門縫裏穿過。咱們快走吧！」

「要等到深夜，城門緊緊關閉以後，人們都睡了，我們再悄悄進城。」

「好的！」二號星拾起一根樹枝，揚手拋向河

面，流水推着樹枝游走了。「騙子會不會把我們抓起來呢？」她對這座城充滿了好奇心。

「沒有牢房可能關住我們呀！門縫、窗縫，都是我們的通道。我們還可以從鎖鏈和繩套中脫開身。」

「對呀！挺好玩兒。」二號星高興地跳起來。

# 24
# 騙子城

夜深人靜，萬籟無聲。濃雲困住了月亮，只有少數幾顆小星星，時而從雲隙中探出頭，向着黑沉沉的大地眨眼。它們看見朦朦朧朧的黑夜中，有兩個黑色的影子飄動着，從緊閉的大城門縫隙中閃進了城堡裏。影子身輕如紙，行動如風，走在路上沒有絲毫聲音，然而，他們的談話卻能清晰地聽到。

「好像沒有值夜的崗哨，也沒有巡邏兵。」

二號星東張西望地説。

「他們認為高大堅實的城門，能保證他們的安全，萬無一失。未經他們允許的人不能進來，沒有得到他們的同意，不能離開。凡是可以走出這座城的人，都不會洩漏這城堡的秘密。因此，誰也不了解這座城。所以，就有一批又一批的人受騙，中了他們的圈套，陷在裏邊，直到完全改變了自己，到後來，他們已經察覺不出自己上當，也不會對此感到悲哀了。」

巨人明察一切地説。

「那就告訴人們，不要上當受騙，好嗎？」

「沒有人會信我們的話，那會招來很多麻煩。但我們不妨試一試。」

他們看見一扇敞開的大門，門口寫着：「歡迎光臨。免費招待食宿。日夜辦公，特別服務。來過一次，還想再來。」門上還掛着「祝君滿意」的匾額。

二號星説：「我們走了很遠的路，又累又餓。進去歇一歇，吃點東西，好不好？」

巨人説：「也好。我們可以從這兒了解些情況。」

走進大門，不見有人，一間大廳空蕩蕩，四面有八扇屋門，七個門都敞開着。

「請問，有人嗎？」只有巨人的聲音在廳內迴響，不見有人答應。

走進屋，屋內只有牆壁，沒有牀和椅，也沒有任何其他東西。七個屋子全都一樣，只有第八扇門緊閉着。

二號星在第八扇門敲了又敲，不見動靜。巨人説：「看來我們上當了。」

二號星說：「也許主人外出了。免費招待，不能要求人家一會兒也不離開。我們不妨坐下等一等。」

巨人說：「我們還是另找一處地方去看看吧，坐在這空房子裏有什麼意思？」

二號星說：「好吧！」

二人轉身往外走，忽聽大喝一聲：「站住！」

只見一個黑臉兒大漢從第八扇門裏衝出來。他披頭散髮，雙目圓睜，手握一根黑木大棒，叉開雙腿站在大廳門口擋住了出路。二號星嚇了一跳，驚訝地問：「你要幹什麼？」

「收費！想賴帳溜走？休想！」黑臉兒大漢一臉橫肉，兇聲兇氣地吼叫着。

「門口明明寫着：『免費招待食宿』，而且我們沒有食也沒宿，屋子裏牀也沒有，吃的喝的什麼也沒有，收什麼費？」

二號星好奇怪，不由得發出氣憤的質問。

「免費招待食宿不假，但進門出門必須收費！」

「哪有這樣的道理。這是敲詐。」二號星忍不住喊叫起來。

「少廢話！立刻付款。一人一百元整。」黑臉兒大漢把手中大棒揮舞一番，表示示威。

「我們一分錢也沒有。」二號星生氣地説。

「那就去換兩枚石幣來。這很容易做到。你應該知道，在這裏石幣能辦成任何事，它可以代替金錢，也可以當做通行證使用，還能當門票，作押金用。總之，石幣的用處可多啦，有了石幣，可以買到任何東西，可以得到你想要的一切。而石幣，是人們很容易就換到的東西。」黑臉兒大漢得意地宣講一番，儼然擺出一副教師的架勢。

「逼着人們換石幣，你們的目的很清楚。」巨人説。

「話可不能這麼説。人們都是自願去換石幣的。」黑臉兒大漢眨動狡猾的眼睛，嘿嘿笑着説。

「要是不願去換石幣呢？」巨人追問。

「還從來沒有過。有了石幣，一切東西就可以很輕易地得到，誰不願意去換石幣呢？」黑臉兒大漢很自信地説。

「我們就不願意！」巨人的聲音鏗鏘有力。

「不願意什麼？」黑臉兒大漢一副迷惑的神情。

「不願去換石幣！」

「什麼？什麼？你再講一遍！」

「我們不願去換石幣！我們討厭石幣！」二號星大聲喊出來。

「那就不用再浪費時間了。我要把你們鎖在屋裏，直到你們同意去換石幣為止。」

「還有沒有真理了？」二號星吼叫起來。

「這就是真理！」黑臉兒大漢揮動手中的大棒，「它能使你的四肢折斷，讓你服從這真理。」

「你的兇惡面目到底露出來了。」二號星氣憤地說。

「我們在從事偉大的事業，盡心竭力為城堡進行收藏。人們都把自己的誠實抵押在這裏，沒有誰贖回過。將來，人間不再有誠實。你想想，世界會變成什麼樣兒？這可是了不起的事情，是一項長遠宏偉的計劃。我為這事業驕傲。」

「將來會讓你知道，真理的力量。」巨人用眼睛盯着黑臉兒大漢，像兩個尖利的釘子刺了過去。

黑臉兒大漢身上抖了兩下兒，但他立刻鎮靜下來，兇狠地逼客人進了裏屋，咣當一聲，用大銅鎖把門鎖上了。

　　黑臉兒大漢得意洋洋地走了，勝利者似的自言自語着：「真理？大棒就是真理。這下兒夠你們受的。等着瞧吧，求饒是唯一的出路。還真沒碰上過這樣兒的，頭一份兒。真稀罕！」

　　黑臉兒大漢馬上去向上司報告：「有兩名奇怪的客人，膽敢公開蔑視石幣……」

　　上司十分震驚，立刻反問：「反對石幣的人，是怎麼進入城堡的呢？一定要查清這兩個來歷不明的人。」

　　上司報告了城堡的頭領。警察便衣紛紛出動。法官陪同頭領趕到飯店。門外布置了崗哨，門口排列着衞兵，警車閃着紅燈停在路邊，警犬甩動着尾巴等待命令。

　　黑臉兒大漢打開銅鎖，推開屋門，咦？屋內空空的，什麼也沒有。屋子沒窗，牆上沒洞，人呢？……

　　一片雜亂的腳步聲衝出大門。

　　浮雲消散，繁星閃爍。月光如水，洗滌着大地上的萬物。樹木，草叢，悄悄地投出身影。房舍，牆壁，像細雨沖洗過，十分潔淨。

　　兩個來歷不明的危險人物藏在哪裏？

# 25
## 靈魂市場

　　市場很熱鬧。人來人往，吃喝着，談笑着，爭論、問候，一片喧嘩。有引人注目的大市場，有生意興隆的各式商店，也有小小的商攤、商鋪。穿的、用的、吃的、看的，各種貨物俱全。首飾琳琅滿目，服裝豔麗多姿，食品色香味皆佳。玩具、工藝品、文具，各類貨物千萬種。名貴珍品也不少，鑲嵌寶石的鏡子，綴着珍珠的衣裙，花瓣拼成的團墊，蟬翼組成的燈罩，蛇皮的箱包，等等。各式各樣的小吃點心數不勝數，烤鵝、烤鴨、烤雞、烤鴿、烤鵪鶉、烤麻雀、烤螞蚱……油汪汪、香噴噴的，烘烤食品菜餚系列就擺滿了一條街。買任何東西，都要付石幣。

　　巨人和二號星沒有石幣，他們只能眼望着饞人的食物餓肚子，連水都喝不上一口。他們逛市場，串大街，走遍了全城，沒有石幣任何事情也辦不成。奇怪的是，這裏的生意樣樣興旺，那麼多人擁有石幣！

有一座透明的水晶房子，屋頂、屋牆、屋門、窗框都是水晶的，窗戶更不必説，自然是水晶的，連門外的台階都是水晶的。這座晶瑩透明的水晶宮是一家奇特的商店，這裏只買不賣。買什麼？

買微笑。

誰把微笑賣給這裏，從此，就再也沒有笑的權利。如果面孔上露出一絲笑容，就要受到嚴厲的懲罰，罰很多石幣，還要服苦役，直到你永遠也不會微笑為止。

誰會賣掉自己的微笑呢？

可水晶宮的大門相當擁擠，進進出出的人羣不斷。

一個人將終生失去微笑，那是什麼樣的生活呀！

另一座瑪瑙房子，也是只買不賣的商店。

買什麼？

買舌頭。

割去舌頭多疼啊！但這裏買舌頭並不讓人感到疼痛。你得到舌頭錢，舌頭還在你的嘴裏，只是從此再也不能講話了。如果講話，就要受到嚴厲的懲罰，罰很多石幣，還要把嘴貼上封條，從此只能用鼻子滴注

進食。

誰會賣掉自己的舌頭呢？誰會甘願變成啞巴呢？可進商店的人也不少。巨人和二號星繼續往前走，來到城市中心，只見一座石牌坊，上邊刻着「獻心殿」三個大字。二號星走上前去打聽，有人告訴她，這裏是獻心的地方，沒有石幣的人走進去，獻上自己的心，胸前燙一個紅印，憑這標記在城堡裏想要什麼就能得到什麼，不用付錢。胸前的烙印，就是通用證。獻過心的人可以享受終生不付代價、任意索取的待遇，市場上的商品可以隨便拿，隨便吃，隨便用，不願去市場，還可以吩咐將商品送到自己眼前，坐享一切。

「不願燙紅印的人，可以進去看看嗎？」二號星好奇地問。

「只要走過這石牌坊，進了石殿，心就給摘去了。出來的時候，就沒有原來的心了。」

正説着，一個高高大大的壯漢走出石牌坊來，敞露的胸膛上掛着一個刺眼的大紅印，人們連忙向他致敬，垂手站立，等候他從面前走過。壯漢咧着大嘴，神氣活現地説：

「摘心，一點不疼。胸膛裏沒有一顆心墜着反而輕鬆多了。以後沒有任何事裝在心裏扯着我，空蕩蕩地好自在。從此，我沒有憂愁，沒有煩惱，沒有悔恨，沒有不平，沒有任何自己的想法，只剩下一個空殼。我可以盡情地享受，好快活，好舒服！」

「那麼，你是活着還是死了？」二號星走過去問他。

巨人一把拉住二號星，説：

「他已經沒有心了，不必再問他。」

迎面見到的，大人，小孩，男男女女，都用驚奇的眼光看着巨人和二號星，彷彿觀看瘋子和傻子一樣。人們指手畫腳，竊竊私語，有的竟當面講些難聽的話：

「這兩個人沒有石幣，怎麼進城的呢？是騙子吧？」

「沒有石幣的人，竟敢在城裏逛來逛去，一定是盜賊。」

「沒有石幣，是不能待在這個城裏的，他們可能要搶劫、殺人。」

「看他們賊頭賊腦，問這看那，卻什麼也不買，還探聽一切，一定懷有罪惡的目的。」

有人一把揪住二號星，問：

「有石幣嗎？」

「沒有。」

「有什麼？」

「我們有真理！」二號星理直氣壯地說。

「真理一錢不值。我們不需要真理。我們需要石幣。」

「真理是什麼？是騙人的玩意兒，它讓人受苦，受窮，受罪，說不定還走向死亡。要它幹什麼？沒有它，生活得更舒服自在。」

「不但不需要它，還要趕跑它，因為它妨礙我們，給我們帶來麻煩。看來真理就是這大個兒了，我們要讓真理嘗嘗挨打的滋味兒。打呀！」

人們一哄而起，用拳頭，用棍棒，用石塊，把巨人打得遍體鱗傷，鮮血淋淋。可巨人像鋼鑄的一般，傲然挺立着。

「把他們抓起來！報告警察……」

衞兵正在全城搜查，聽到吵鬧聲，紛紛趕來，一時間，警車鳴着警笛，警犬狂奔撲跳，警察崗哨站滿了大街路口，封鎖了道路。一隊衞兵衝到跟前來，掏出銅手銬，鎖住了巨人和二號星的手，把他們推進囚車。

　　靈魂市場又恢復了原狀，有買有賣，生意興隆。

　　囚車開得飛快，像一溜煙兒，車顛簸得很厲害。身輕的二號星時時從座位上彈跳起來。她並不害怕，有巨人在身邊，她什麼也不怕。她只是想弄清一些道理。

　　「我不明白，真理竟然受到這樣的侮辱和誹謗。」

　　「一點兒也不奇怪。真理就是在攻擊誹謗中生存的，經常會受到傷害。」

　　「他們為什麼那樣恨真理？」

　　「因為他們害怕真理。」

　　「他們不擇手段地對付真理，怎麼能容忍？」

　　「堅持真理是要做出犧牲的。有時，還是很慘重的犧牲。真理在和邪惡搏鬥的時候，是很艱難的。」

　　「人們不接受真理嗎？」

「要人們認識真理就很不容易，擁護真理就難上加難了，再加上許許多多冒牌貨，喊着真理的口號，打着真理的旗幟，進行迷惑和欺騙，實際上，不過是一羣爭名奪利的投機商。真理對他們是一種威脅，他們採取一切手段毀滅它，是必然的。」

「我還以為，真理必定勝利呢！」

「從總體來說，是這樣的。堅持真理的人壯烈犧牲，他們的精神永存。古今中外，多少令人敬仰的智者烈士，他們的一生光輝燦爛，卻都是悲劇的結尾。」

「我記住了。現在，我們怎麼辦呢？」

「我們應該離開這座城。這裏的秘密已經清楚了，要把這些秘密帶出去。」

「夜裏，我們出城？」

「我們可以從囚車門縫裏出去。」

像兩條影子，鑽出囚車的縫隙。囚車鳴叫着飛奔，卻只有兩副脫落的手銬留在了囚車裏。

# 26
# 偷時間的小耗子

　　巨人和二號星離開騙子城，走走停停，飢腸轆轆，沒有吃的，沒有喝的，只好採幾把野菜嚼嚼。馬勺菜、苦苦菜、野莧菜，他們一路走一路採摘了吃，眼睛四下裏尋覓野菜，卻發現路邊躺着一個人。這個人身子瘦長，像骷髏架子，光禿的頭頂，白鬍子尺來長。這人一動不動，卻還有呼吸。巨人扶他坐起來，他睜不開眼睛，喃喃地說：「送我回家。」

　　「你的家住在哪兒？」

　　老頭兒指一指上衣口袋。

　　巨人從他的上衣口袋裏掏出一片紙，上邊寫着地址。巨人把老頭兒背在身上，急急忙忙送他回家。

　　這是一間又暗又潮濕的小屋。一個四腿兒搖晃不穩的大長桌子佔了半間屋，旁邊放了一塊木板當牀。牀上、地上、桌上都是圖紙。巨人把老頭兒放在牀上。老頭兒像躺在火上一樣掙扎，連聲叫着：「圖紙，

我的圖紙……」巨人只好又把老人抱起來，二號星把牀上的圖紙一張一張收起來，老人這才安心地躺在牀上。巨人找遍了屋子，只找到半杯冷水，忙餵老人喝了。老人還是念叨着：「圖紙，我的圖紙……資料都出來了，只剩最後一張圖紙……」

二號星説：「你應該先吃點東西。」

可找遍了屋子每個角落，任何一點可吃的東西也沒有。老頭兒從褲袋裏掏出一點錢來。二號星問：

「買什麼呢？」

「隨便什麼東西，只要省時間就行。」老頭兒有氣無力地説。

二號星拿着錢飛跑出去。她想買兩個麵包，吃起來又軟又好消化，這東西最省時間。

「買兩個麵包。」二號星站在櫃台前，伸出拿錢的手。櫃台裏兩名售貨員正聊天，説説笑笑，打打鬧鬧，旁若無人。

「買麵包。」二號星提高嗓門，又説了一遍。

售貨員根本不理會，繼續聊天説笑。

「買麵包、買麵包、買麵包。」二號星連續説了

三遍。

「等會兒。」售貨員瞪了二號星一眼，轉過頭去還接着聊天。時鐘滴答過去，二號星站得腿都酸了，售貨員絲毫沒有結束閒談的意思。

「買麵包。」二號星生氣地喊。

「等着！急什麼？買東西就要排隊！」售貨員眼睛一瞪，訓斥說。

「只有我一個顧客，用不着排隊。」

「那也要按照排隊的時間辦。夠了時間，才能賣給你。」

售貨員氣呼呼地回答。

「你說，要等多久？」

「不多，兩個鐘頭，到了時間，就賣給你。」說完，售貨員又繼續聊天。

二號星無奈，走出商店，來到小吃店。

「買兩個饅頭。」

「等着。」

「等多長時間？」

「等我揉完了面，有閒置時間再賣給你。」

二號星無奈又到糧店。

「買一斤麵。」

「等着。」

「要等多久？」

「等我算完了賬，有閒置時間再賣給你。」

二號星跑了一家又一家，都命令她等着。她好像是閒得沒事幹，願意到處去罰站。可又有什麼辦法呢？直到天色將晚，街上的路燈亮了，她才從小攤子上買到兩個餅。那小販髒兮兮的手在褲子上抹了兩下，往手上吐了兩口吐沫，把錢數了數，數完了裝進褲袋裏，就抓起餅來給二號星。

二號星不接那餅，說：「這多不衛生，拿過錢的手又拿吃的。」

小商販嬉皮笑臉地說：「不乾不淨，吃了沒病。不怕髒，長得壯。吃了細菌，營養還豐富哪！蘑菇就是菌，貴重得很。知道不？」

「你不講衛生，還胡扯一通。」

「我每天賣一車餅，都是用手抓。怎麼着？賣給你餅你還敢挑刺兒？你想挨揍哇？」小販挽袖子伸胳

膊，擺出一副打架的姿勢。

「這餅我不買了。」二號星生氣地說。

「你敢不買？我揍扁了你！」小商販雙眼瞪圓，舉起了拳頭。

「你敢無理打人？」二號星並不膽怯。

街上的人圍了過來，你一言我一語，七嘴八舌地議論着。

「食品售出，概不退換。這是規矩。懂不懂？」小商販臉紅脖子粗地吵嚷。

「我還沒接你的餅呢！」

「可你已經交了錢。這餅就是你的了。你不買也得買。」

「我不買。」

「不買也不退錢。要命有一條，要錢不給！要打架，是我的老本行。」小商販一副無賴相。

圍觀的人羣中有人好心相勸：

「算了！算了！為兩個餅，打壞了不值得。姑娘，拿了餅快走吧！」

小商販更覺得意，雙手叉腰，叫嚷起來：

「論打架，咱這雙鐵拳頭，是打架裏練出來的。一拳下去見血，兩拳下去斷骨頭。誰有膽子，就讓我試試，我可決不手軟。」說着，兩眼的凶光在人羣中掃了一遍。膽小怕事的急忙躲了開去，可又捨不得走，就遠遠地觀望着。

有人勸二號星：「算了，算了！不就買兩個餅嗎？快買走吧！花幾個錢，消災免禍。」

「忍了吧！忍了吧！和為貴，忍為上。快把餅買走吧！」

「莫吃眼前虧。」

「為兩個餅吵架，真小氣！」

「我沒吵架，我只是不願買這髒餅。」

「哎呀！吵架總是雙方的責任嘍，都讓一步就沒事了嘛。」

「小孩子家，跟大人吵架，怎麼可以呢？」

「她是找挨打！」小販惡狠狠地説。

大多數人不做聲，只看熱鬧。

「算啦，算啦！她買了這餅就是了。」

一位好心的老奶奶，拿過那兩個餅塞給二號星，

拉着二號星急急忙忙離開了人羣。

「孩子，記住，跟無賴講道理是沒用的。快回去吧！」

繁星滿天，樹影婆娑，陣陣涼風吹過。二號星心中又氣又悲哀，腿腳也無力。回到老頭兒家中捧上兩個餅，老頭兒苦笑着搖搖頭，聲音微弱地說：

「孩子，這餅是不能吃的。我就是吃了這樣的餅，肚子疼，又拉又吐，幾乎喪命。這是一個又兇又惡的小商販賣的餅……」

巨人把餅掰開，只見裏邊有死蟲子，還有一股黴味兒：「這樣的餅，貓狗吃了都受不了，人吃了怎能不生病？」

老頭兒歎口氣，悽惶地說：

「買麵包，買小吃，買麵粉，無論買什麼，都要我等了又等。天天如此。我要趕時間畫圖，每一分鐘都很珍貴，可把時間都浪費在買吃的上了。偷時間的小耗子，偷走了我大部分時間，偷走了我的生命啊！」

老頭兒幾乎號啕大哭，像個可憐的孩子。

嘭，嘭！有人敲門。

會唱歌的畫像

167

二號星開了門，只見一個青年風塵僕僕地衝進屋裏來，大嗓門叫着：「總工程師，我來取圖紙。一切都準備好了，即將動工，就等這修改的圖紙。」

老頭兒仰天長歎一聲，心碎地叫着：

「圖紙！我的圖紙，就差最後描圖⋯⋯」

話沒説完，就斷了氣。他睜着雙眼，眼光凝住在圖紙上，彷彿那是他留下來的遺囑。

青年捶胸大哭。風從門外吹進來，圖紙在屋內飄飛。

「總工程師一生的心願，要建成雄偉的大橋。他怕別人干擾，獨自一人躲在這簡陋的小屋裏，集中時間把圖紙畫完。他甚至不讓人來看他。他愛惜每一分每一秒鐘，可他還是沒有爭取足夠的時間。太可惜，太可惜了⋯⋯」

「偷時間的小耗子，偷走了他的大部分時間。」二號星難過地説。

「那些小耗子，毫無歉疚地認為：我不過讓顧客等一會兒，那有什麼，很平常的事，也是理所當然的事。可小耗子們卻偷走了一位工程師寶貴的生命。」

「天哪⋯⋯」青年失聲痛哭。

# 27
## 大海的記錄

　　深夜，天空，大山，海面，一色的濃藍。船上的燈，天上的星，閃爍在一片朦朧中，像進入溫馨的夢境。忽然，飛過一顆流動的星，那是海上漁船的燈，劃破了夜幕。一顆忽明忽滅的星，像眼睛不停地眨動，是島上的燈塔。一顆顆跳盪的星，是航標燈。天上、海上、山上，星羣互語，構成星的謎。

　　寂靜而又喧嘩的海邊，只聽嘩嘩的海浪聲，不見遊人的蹤影。海邊布滿大大小小的碎石，潮汐日夜從它們身上漫過，磨平了它們尖利粗糙的棱角，增添了幾分光澤。二號星撿起一塊小石頭，揮手拋向前邊，小石頭在碎石上蹦跳幾下，迸起一串火星。她拋撒一把碎石頭，迸射起一片閃爍的火花，像爆開的爆竹花，像飛舞的螢火蟲，像飛濺的金色浪花。二號星發出銅鈴般的笑聲。

　　「這是火石。」巨人說，「古人取火燒柴，就使

用這樣的石頭。」

「哦！真有趣。」二號星歡快地跑跳着。

黎明，遠山灰濛濛，籠罩在煙霧中，像一片模糊的影子。天、海、山之間顯出一條明朗的線，渾然融為一體，構成一幅畫。灰色的雲，飄盪在空中，像流動的小島。船如梭，在海面上犁出一條水花翻捲的銀線。漁夫揮動船槳，大大小小的紅帆穿行在廣闊的海面上，映襯着靜立的山巒，好像片片飄飛的紅葉，又像一棵棵紅筍冒出海面。挺立的桅杆像一支支倒插的筆，豎立在天海之間，船後的小拖板，像細長的尾巴，在海面上不住地甩動着。單帆小船在浪中起伏，像水上的搖籃。岸邊的船像一條條穿起來的魚，在進退的波浪上蹦跳晃動。桅杆上的繩索橫豎、斜直、交錯着垂掛下來，組成繩的牆、繩的網。小船的篷頂彎成弓形，似光滑的魚背。海浪拍打岸邊，和着清風吟唱；海鳥在浪花上盤旋，發出悅耳的啼鳴。

一輪紅日跳出來，映紅了海面，映紅了天空。羣山的輪廓清晰了，雄姿展立在海面上，像寶鏡上的綠屏風。

二號星説：「大海多美呀。」

巨人説：「大海無畏，大海無私，大海無慮。」

「大海需要什麼？」

「大海只給予，從不索取。」

「如果人像大海多好。」

「大海不會因為慷慨變得貧窮。人也一樣，慷慨本身就是珍貴的財富。它就像耕耘和播種，帶來快樂和信心。它使人心靈裏的生命之樹常青。它不斷地給予，所以更豐富；它不停地運動，所以永遠年輕。」

「我愛大海。」

「人活在世上是短暫的，大海卻是長久存在。」

海水清澈見底，像透明的大玻璃，映出游動的小魚小蟹，照出躺卧的海蛤海螺，海底的細沙潔淨清爽，像銀色的地毯。海水照出二號星可愛的面龐，多麼甜美的微笑！

「老爺爺，大海多麼明亮、潔淨，像一面閃光的寶鏡。」

「大海沖洗了多少污濁穢體，千萬條江河匯入大海，夾帶着多少殘渣穢物，大海容納了一切，日夜不

停地淘洗、蕩滌、沖刷、搓磨，經過潮和汐的洗刷、浪和濤的滌蕩，一切一切都改變了原來的面目，大海還是那麼潔淨明亮。」

「大海真偉大，真可愛。」

「偉大卻很平凡。孩子，你經歷了那麼多驚心動魄的事，見到許許多多醜惡的東西，受到不少傷害，你對這個世界感到失望嗎？」

「不！一點也不失望。我知道了許多事情，明白了許多道理。這是我過去從來沒有得到過的東西。」

「當你受到壞人的欺凌時，當你受到殘酷的打擊時，害怕嗎？」

「和你在一起，我什麼也不怕，想着你的話，我就有了勇氣。」

「你認識了世界，你能獨立分辨真假美醜，這是很難得的。這就是最寶貴的收穫。」

「我懷念那忘我工作的老工程師，懷念那築橋的背石漢，我也懷念霹靂院長。他們受了那麼多苦，可從來不怨恨。」

「他們的精神，澆灌了你心中的生命之樹。孩子，

過去經歷的一切，對你這樣的年齡，實在是太嚴酷了。你應該輕鬆一下，大海會給予你力量和信心。游泳吧！你會感到快樂。」

二號星跳進海中，迸濺起一片浪花。海浪沖撞着她嬌小的身軀。水流柔軟卻很有力，多次幾乎將她推倒，卻又只從她身上滾滾流過，光滑而又舒適。浪花噴灑在她的臉上，滴下一顆顆清涼的水珠，嬉笑着，翻滾着，重又落進海浪的急流中。二號星漂浮在海面上，海水柔軟的大手托着她，像浮在水面的荷葉，輕輕擺盪卻不下沉。仰面游在波浪裏，就像乘着雲朵遨遊一般，輕柔地，幾乎和大海融在一起了。她想，能變成小小的浪花多好！

漲潮了，一排排湧浪奔跑着，滾動着，嘩！撲跳到沙灘上，碎成浪花、泡沫，退回來，匯進浪湧裏，又被推向前，奔跑着，滾動着，周而復始，一次又一次地向沙灘撲跳，漸漸地，淹沒了大片沙灘。裸露的礁石不見了，只留下一簇簇迸濺的浪花，像噴泉般跳躍着，宣告礁石的存在。海鳥在空中盤旋，應和着濤聲啼鳴，牠們在呼喚太陽？牠們在呼喚白雲？還是在

呼喚自己的同伴？二號星聽見老爺爺的呼喚，就游到岸邊。

「孩子，你在海裏怎麼樣？」

「很快活，像自由的魚兒。老爺爺，我感到了水的力量。水很温柔，也很勇猛。」

「槌的敲打，只能使石碎裂；水的沖洗，卻能使石頭晶瑩光潤。」

「是的。我看到了，海浪把尖利的礁石拍成光溜溜的石滑梯。」

「可海草卻能在光滑的礁石縫裏紮根生長。」

「老爺爺，你找到了什麼？」

「我找到大海的記錄。」

「在哪兒？」

「畫在沙灘的波紋裏，寫在礁石的痕跡上。」

「大海記錄了什麼？」

「大自然的奧妙，對人類的啟示。」

「浪花多美呀！永遠不停地跳躍。」

「浪花很美，但浪花離開了大海，就消失了。」

「那是什麼？飄飄盪盪，搖搖晃晃，沒有頭，沒

有尾,沒有鱗,沒有嘴,全身透明像玉,在水中游來游去,柔軟像黏團兒,我去抱住它……」

「小心!那是海蜇。牠的吸盤吸住了你,會要你的命的!」

「可牠看起來那麼美!」

「表面看起來美的東西,常常需要特別警惕。」

「沒有嘴,沒有爪,也能傷人嗎?」

「嘴和爪的傷害,是可以看得見的。孩子,你要特別注意那看不見的傷害。」

「我希望好好認識大海。它太豐富了。」

「我們請一位朋友,帶我們到海上去見識一番。」

巨人向大海招手,浪花中湧出來一副堅硬的盾牌,盾牌下伸出長長的頸,抬起頭,原來是一隻大海龜。

巨人說:「海族的長者,你肯帶我們看海中的世界嗎?」

老海龜點點頭:「我很願意滿足你們的要求。但你們只能坐在我的背上,在海面上觀賞一切。海族世界裏不喜歡人類闖入。海龜也不能到人間去走一趟,

是不是？人類有人類的法則，海族有海族的習慣，人類把金錢、權力看得至高無上，可海族卻認為它毫無價值。兩個世界，看法完全不同。你們也只能逛一逛就是了。請坐到我的背上來吧！」

　　逆着層層波浪，老海龜馱着巨人和二號星向大海深處游去。波濤洶湧，一會兒疊起幾尺高的波峯，一會兒跌成幾丈深的浪穀。一浪接一浪，大海像搖籃一樣搖盪着。天海相映，一樣的蔚藍，廣闊的大海，是一處神秘的世界。

# 28
## 奇妙的旅行

　　白浪滔滔，白雲飄飄，雲朵映在大海中，白浪和白雲合在一起了。白浪碎了，把海中的白雲也撞碎了。快活的魚兒，在碎了的浪花、碎了的雲層中鑽過來鑽過去，遊玩，嬉戲，噴吐水泡。

　　海水中躥出一隻鷹，身上長滿尖利的盾鱗，游動時擺動着一雙翅膀，迎空飛翔，迅速而又勇猛。

　　「大海裏也有老鷹麼？」

　　「這是鰩魚。牠們的胸鰭像翅膀，牠們尖硬的鱗能刺傷許多動物，這是牠們的武器。動物的武器長在身上，人的武器是拿在手中的。」

　　「前面亮光閃閃是什麼？」

　　「那是松塔魚的光。人類叫牠們武士魚，也叫牠們鳳梨魚，全身披鱗，鱗邊有棘，也是很厲害的武器。還有鮃魚，在海中，牠們的眼睛能發出明亮的光，像美麗的星星。」

「這是什麼？」

「荔枝螺。」

這小小的貝殼晶瑩可愛，放在二號星懷中，不斷地噴吐白色的乳汁，呀！怎麼了？荔枝螺的乳汁把二號星的衣裳染成了黃色，漸漸地，又變成了綠色、藍色、紫色……太陽照耀下，閃爍出奇異的光彩。二號星似身着彩衣的仙子，驚訝不已。

「這是大海裏的染娘。牠們染出的顏色，永不消退，古代稱為『帝王紫』，是很貴重的染料，為皇帝和王公大臣的官服專用。」

「呀！一隻海兔。」

「這是兔子魚。牠們的嘴和鼻子像兔子一樣，也像黃鼠狼，人類叫牠們海中的黃鼠狼。牠們的同族還有樹魚橡魚，也都頗有名氣。別看牠們樣子像小兔，挺可愛的，可背鰭和腹鰭的毒棘可厲害哪！要生存，就必須想辦法戰勝敵方，動物和人都一樣。」

「那是什麼？像一個香爐……」

「是鼎足魚。牠們的三條腿是由一對胸鰭和一個尾鰭組成的，既能爬行又能跳躍，還能代替眼睛探路。

快看，前邊是一羣犀魚，牠們的頭上長角，尾巴長刺，人類叫牠們獨角魚。牠們尾部兩側有四把利刀，非常鋒利。白天，牠們總是成羣結隊地漫游，像一羣快活的伙伴。」

「魚也長角，真稀奇。」二號星驚歎。

「這是**硨磲**①，是世界上最大的貝，雙殼。那是地紋芋螺，牠們嘴裏長着箭頭般的舌齒和毒腺，人類稱牠們為雞心螺。這是骨螺……」

「牠全身的刺整整齊齊，像一把梳子。」

「是呀！愛美的女神維納斯用的梳子。航海的人，曾見過小人兒魚坐在浪花上用牠梳頭呢。這是豎琴螺。」

「牠那凸出的條紋，真像琴弦。如果能彈出聲來就好了。」二號星說。

「那是夜光螺，牠們的光比珍珠還亮，是貝中的寶。許許多多的貝，很受人類喜愛，有人把貝給孩子繫在脖頸上驅邪排難，或者把貝掛在船中屋裏，也有

---

① **硨磲**：一種蛤類，生活於熱帶海底。肉色白如玉，殼可作裝飾品。「硨」：粵音「車」。「磲」：粵音「渠」。

的擺在新娘的梳妝台上，還有鑲嵌在首飾上的，不過，這都是人類的一些看法和想法。人的想法有時是很奇特的。」老海龜嘮叨着。

「海裏的許多動物也很奇特呀。你能帶我們去看一些很有趣的動物嗎？我不喜歡這些有毒的動物。」

「我們去看一種神奇的魚，你會覺得非常有趣。」

老海龜頂着洶湧的波浪向前游。狂風驟起，烏雲滾滾，像翻騰的濃煙，遮住了天空，籠罩着大海。一道耀眼的閃電劃破夜空，緊接着爆響幾聲炸雷，彷彿山崩地裂般，大海咆哮起來，暴雨像瀑布般潑注傾瀉，怒濤驚心動魄。巨浪像火山噴發般迸濺吐射，波峯浪轂此起彼伏。一個又一個迅猛的旋渦，像深淵似陷阱，又像龍捲風掃過般摧毀着一切。巨人緊緊摟住老海龜的脖頸，用海帶把二號星緊緊纏住，讓她匍匐在海龜背上。風怒吼，海呼嘯，他們在海水裏沉落浮起，睜不開眼睛，也不能講話，張口就會灌滿海水，即使講話也聽不見。巨大的海濤聲將一切聲音吞沒了。

老海龜衝過排排巨浪，避過一個又一個旋渦，游到一個巨大的黑影裏。牠的兩條前腿緊緊抱住黑影的

一部分，身子就由黑影帶動着前進。黑影彷彿把狂濤壓住了，這裏好像避風港灣。

「這是什麼地方？」二號星抹掉臉上的海水，望着周圍巨大的黑影，迷惑不解地問。

「我們躲在一艘大船底下，由船牽着我們行進，又省力，又安全。船身擋住了風浪，遮住了暴雨。我們像躲在屋頂下，現在可以鬆口氣，休息一下，開始幸運的長途旅行。你們可以直起腰，挺起胸，伸伸胳膊和腿，晃動晃動腦袋，舒服自在地穩坐着，傾聽狂濤曲，別有一番滋味呢。」老海龜風趣地説。

「大船會把我們帶到哪裏去呢？」二號星好奇地問。

「那就很難説了，只能是隨船遠行，船到哪兒，我們就到哪兒。」

「也就是天涯海角任它行了。」巨人笑説。

「沒有別的辦法。幸而遇上這條大船。不然的話，別説遠行了，就是保住你們的命也不容易。我可以沉進海底去，安安靜靜地睡覺養神。可你們怎能抵擋住狂風暴雨的侵襲？怎能抗過驚濤巨浪的沖打？災難會

把你們整個吞沒，也許把你們砸成碎屑，連屍體都找不到。這種事我見多了，多少堅固的漁船剎那變成了碎片，就像殘破的貝殼在海浪中漂浮。其實人是很脆弱的，經不住多少折磨，喪命是很容易的。人的生命也是短暫的。」

「可人聰明呀，有本領，有頭腦，會思考⋯⋯」二號星説。

老海龜笑了：「動物也是很聰明的。而且動物的本領常常是人不可能達到的。像嬌小的海燕，不但能在暴風雨中疾飛，而且能在海面上行走。天鵝能飛過世界最高的珠穆朗瑪峯。金鳥能一次飛半個太平洋，千鳥可以腳不着地飛行 3800 公里，每年飛過大西洋兩次。北極海鷗每年從地球這端飛向地球另一端，然後再返回來。」

「人能在陸地上走，能在水中游泳，還能在空中飛行，飛遍全世界，飛上月球。人能爬山，還能聽到世界各地的聲音。人能知道過去幾千年的事。人是很了不起的。」二號星一連講了一大串。

「你的話也有些道理。」

「人能播種，吃的、穿的，都由自己的手創造出來。」

「可人要是殘忍起來，比動物還殘忍。動物的殘忍，是看得見的，只傷害對方的身體。人的殘忍要厲害得多，不僅傷害身體，還折磨對手的靈魂，這也是人比動物厲害的方面。」老海龜感歎一番。

「世界是豐富的，由許多錯綜複雜的矛盾構成，大魚吃小魚，小魚吃蝦，狼吃兔子，獅子吃狼，動物世界裏也存在弱肉強食。」巨人沉思般地說。

「人類的陰險奸詐，你爭我奪，遠比動物更甚。激烈的爭鬥變成打仗，那驚心動魄的可怕情景，令所有的靈魂戰慄，海上都燃起大火，很深的海底都不得安寧，整個世界變成了地獄。」老海龜搖晃着長長的脖子，表示牠的不滿。

「注意，我們好像停住不動了。坐好，讓我游出去看看。」

老海龜從黑影中游出來，海上的風已經停了，海面很平靜，燦爛的陽光照耀着大海，一排排浪花閃着光。老海龜游出海面，來到礁石林立的海岸邊。

巨人跳上礁石四下裏觀望，只見一片山巒連綿起伏，卻不見一點綠色。沒有樹木，沒有青草，只有光禿禿的山石，石縫裏有積存的破碎貝殼。

二號星坐在一塊大礁石上遠望，只見天海相連，一片幽靜的深藍。

老海龜伸長了脖子，風趣地說：「這是什麼地方？連我也不清楚，也許就是天涯海角吧？我看你們首先應該做的，是找些吃的東西，在這方面，人的本領是很大的。我可要躺在海水裏睡一覺了。」說完，慢慢地爬進大海裏。

二號星尋遍了山石縫隙，什麼可食的東西也找不到。只聽巨人一聲呼喚：「快來呀！這裏有幾條魚。」

二號星循聲爬上陡峭的山石，只見凹形的石窩裏，有幾條死魚，微張着嘴，卻絲毫不動。山石上哪來的魚？這可是奇事！

「先煮了吃，然後再想別的。」這時，二號星更覺得飢腸轆轆。

很幸運，他們竟然撿到一隻破鍋，雖然沒有提把兒，鍋底卻不漏水。是船上扔下來的？海浪沖到岸邊

的？還是有人丟在山石上的？這可是口救命鍋。

二號星搜尋來可以燒的東西。火呢？怎麼點火？巨人微笑着，從身上掏出兩塊石頭來。

「忘了？這是打火石呀！」

火燒着了，把魚放進鍋裏。雖然是小魚，可總是魚呀！一會兒就能喝魚湯吃魚肉了。

鍋裏的水冒熱氣了。添柴，火更旺了，鍋裏的熱水開始冒泡，二號星眼巴巴地望着鍋裏，急不可待地等着喝魚湯。撲通！咦？天哪！鍋裏的魚蹦起來了，幾條小魚在熱水裏游來游去，搖頭擺尾，可歡着呢！二號星驚奇地叫起來：

「魚活了！魚活了呀！」

「怎麼回事？魚在熱水裏活了。」

「添柴！再加熱。」

二號星把能點燃的東西都丟進火裏，鍋裏的水翻滾着，熱氣騰騰，但小魚快活自在地游來游去，搖頭，擺尾，升降，旋轉，口中還吐着水泡。

柴沒有了。

望着鍋裏的熱水，望着熱水裏游來游去的魚兒，

二號星呆住了。

原來是熱水魚。

這裏的小島上有許多温泉。泉水流淌積存在山石凹中，形成一個熱水潭。潭中的小魚習慣了熱水高温。海嘯鋪天蓋地沖過來，淹沒了熱水潭，沖跑了熱水魚，海嘯消退時，把這些熱水魚丟在山石上，清涼的海水中，熱水魚漸漸失去知覺。鍋裏的水温高起來，熱水魚在鍋裏復活了。

柴沒有了，火熄滅了。

魚湯沒有喝成。魚兒獲得了生命。

世界上有許多奇跡。大自然的奧妙無窮。

# 29
## 水中的奇書

　　傳說，有一部神奇的書，藏在水流中。多少年多少代，這部書完好無缺地保存下來。它吸引了許許多多好奇的人，也使不少人見了它如癡如醉，把它珍藏在心靈深處，成為無字的書。

　　有人說：「只有讀了這部奇書，才算真正讀過書。」

　　關於這部書的傳說，像秋風吹送落葉，飄向四面八方。

　　巨人希望二號星看到這部奇書，艱難的山路上留下了他們的腳印。

　　巨人說：「無論什麼樣的珍寶，決心尋覓就能找到，我們去尋找那水中的奇書。」

　　二號星很奇怪：「書泡在水裏，字不會消失嗎？」

　　巨人說：「所以說它是一部神奇的書。」

　　陡峭的山巒，崎嶇的山路，一條細而長的山岡從峯頂斜躺下來，直達山腳江邊。山脊上長滿了樹林，

金黃色的樹葉在夕陽下閃閃發亮。遠望去，山岡像一條金脊背的龍。龍身後兩座巨峯之間，形成一個 V 形谷。穿過 V 形谷可以看見江水對面的小島，島上燈光閃爍，好似一座星島。貼近江面的燈光照耀着流動的江水，形成搖曳的光焰，彷彿燃燒在江水中，放出奇光異彩。峯巒頂上的明燈和天上的星混在一起，分不清哪是星哪是燈。山腰的燈，像懸在半空的星，閃爍在夜幕中。山獸入了夢。大樹顯出幽靜的身影，沉思般地凝望着星空。鳥兒回巢了，進入甜美的夢境。蟲兒還在鳴叫，有的聲音圓潤，有的聲音清脆，有的聲音如泣如訴，有的聲音似悄悄細語。更神奇的是，一羣彈琴蛙，蹲在山泉邊巨石上，鳴奏出一支支動人的樂曲，如石鼓震響，如石琴合奏，似泉水歡唱，似鳥兒的婉轉歌喉吟唱啼鳴。

黎明，晨霧籠罩遠山，淡藍色的山巒只露出一個頭頂，彷彿羣峯飄浮在山海中。

巨人快步走在前邊，二號星緊緊跟上，露水滴濕了衣衫，清風吹送來野花香。忽然轟鳴的流水聲，似大海咆哮，似萬馬奔騰，似森林呼嘯，似戰鼓齊鳴。

越過石筍巨峯，只見一道雄壯的瀑布直瀉而下，傾注在一面大石坡上。石坡十幾丈長，幾丈寬，字大如拳，一行行自上而下垂掛下來，像懸掛的巨大條幅。清澈的水流從石坡上滑下來，刻在石坡上的文字在水中閃爍，彷彿明鏡映照出來的形影，字體蒼勁有力，似龍飛鳳舞。這瀑布日夜奔流，春夏秋冬不枯不竭。那流水中的奇書，多少年多少代保存在水波下，成為一絕。

誰寫成這奇書？

誰刻成這奇書？

誰讀過這奇書？

誰明白這奇書？

誰？誰？誰？……

一位老人寫出這奇書。老人付出一生的心血，想把這書留給後代。

怎麼留？

刻在木頭上？木頭會朽爛呀！

刻在竹片上？竹片會丟失呀！

寫在布片上？字跡會洗掉呀！

寫在骨頭上？哪有許許多多的骨頭呀！

一位老石匠刻出這部書。老人付出全部心血，把這奇書傳下來。

怎麼刻？

一刀一刀用力地刻，銼壞了多少刻刀？

一釬一釬細心地鑿，鑿平了多少鋼釬？

一錘一錘使勁地敲，敲下多少石渣石沫？

一部巨書刻成了。留在深山，留在水中，留給千秋萬代的後人。

要問這書寫的什麼？

正直的人讀了這書，得到力量和智慧。

邪惡的人讀了這書，膽戰心驚。

二號星凝望着奇書，巨人連連讚歎不已。

山石平展光滑，和大山緊緊相連，像一個巨大的龜背匍匐在山崖下。石體堅實厚重完整，沒有絲毫裂紋。石面一色的銀灰，像塗了水銀般的潔淨無瑕。這巨石本身就是完美的大自然的奇作。它仰望蒼穹，身貼大地，緊靠高山峭壁，腳踩深潭，身居奇險雄幽之中。刻在巨石上的奇書，落點具有千鈞力，提筆似有神工，豎筆撐天拄地，橫筆包攬宇宙，行撇如行雲流

水，劃捺如拉滿強弓。一字字，一句句，俊逸跌宕，遒勁雄偉，深厚凝重，矯健縱橫。行文迴旋曲折，靜中含動，柔中帶剛，吸宇宙之精，得大自然之神，揮灑磅礡，筆斷意連，拙中藏秀，挺拔中蘊寓靈秀之氣。好一部奇書！氣勢勇猛的瀑布沖流映照，更使這奇書具有一種震撼心靈的魅力。

　　二號星置身深山幽谷之中、白雲古樹之下，面對奇書，傾聽巨人的慨歎，只覺身輕心靜，彷彿自己已消失，完全融化在大自然之中了。她如癡如呆，像水流中一滴水珠，流向了遠方，像峯頂的雲，飄向碧空，似乎聽到大山沉默的格言，感受到瀑布的哲理。古老的大樹講述生命之謎，瑩瑩綠草，傾訴美的幻夢。

　　二號星的畫中世界和心中世界，融為一體了。她是自然的幸運兒，人世間的不幸兒。

# 30
# 小小樹葉比天大

經歷了千難萬險，巨人對二號星說：

「我們應該回故城去了。你在那裏成長，需要對那兒有更多的了解和認識。你的名字也應改過來，還叫杏兒吧，這樣，你回到原來的生活裏，就不會對自己的名字感到陌生。『二號星』，曾是你的代號，但它已是過去的事了，只有你我知道這個秘密。從今以後，還叫你杏兒。」

「好吧。我還是喜歡原來的名字，它象徵着幸福。」杏兒笑着回答。

巨人和杏兒踏上歸途。

走過多少小路，穿過多少沒有路的叢林沙灘，又走過多少大路，他們來到杏兒出生的故城。巨人首先帶杏兒參觀一座寺院。

「在這裏，你能得到不平凡的東西。孩子，希望你用心地看，認真地想。」

杏兒點點頭，隨巨人朝寺院走去。

古老的寺院，掩映在濃重的綠色中，呈現出一片寧靜幽深。它曾珍藏歷代經卷，至今仍充盈着莊嚴肅穆的氣氛。

雄偉的大殿由配殿陪襯着，更顯得氣勢非凡。西配殿內的佛教傳世之寶貝葉《金剛經》和貝葉佛畫冊，放射着奇光異彩。杏兒凝神觀賞，只見長條形的貝葉上，密密麻麻書寫着百字左右的經文，由一片片貝葉組成了完整的經卷，令人驚奇不已。

貝葉佛畫冊的藝術魅力，把人帶到一種超脫塵世的境界。眾僧人的生活情景，神情形態，性格氣質，描繪得維妙維肖，活靈活現。眾僧的活動一一展現在狹長的貝葉上，堪稱神筆之工。這精美無比的畫冊，不僅顯示了高超的技藝，更傾注了滿腔虔誠的信念和不懈的追求精神，是心靈的奉獻。它撼天地，鎮鬼神。

杏兒不由得呆住了，兩腳像生了根。

一種深沉的力量，注入她的血液中。她感受到：美，具有不可戰勝的力量，超越時代，震撼靈魂。

東配殿排列着諸佛塑像：文殊菩薩、彌勒……由

羣佛像組成了佛門羣體，神態自然，栩栩如生，展示了佛門宗教文化的高超藝術及古老傳統，以及超脫塵世的無我境界。

這沉默的肅穆，使杏兒完全忘記了自己，這是她從來沒有過的感覺。

巨人拍拍杏兒的頭，露出一絲難以發現的微笑。

這裏是另一座雄偉的博物館。

寬敞的大廳裏靜穆莊嚴。這裏邊的金剛經，是世上最早具有扉畫的印本書。

大廳的角落裏，一座老者的雕像，神采奕奕，眼睛閃爍着智慧的光。他就是有名的發明家畢昇，在北宋時期就發明了活字印刷。

《十竹齋書畫譜》為套色版彩色印刷，精美絕倫。

巨人講：「學畫，應該知道古代留下來的珍貴遺產。從畫譜，可以看到古套版彩色印刷技藝何等高超。你看，色彩絢麗豐富，形象逼真清晰，可它們卻是幾千年前就出現的輝煌成果，多麼了不起啊！」

巨人又領杏兒走進石經館。

這裏藏有一千三百多年前刻的《石經》。公元

605 年，由隋大業年間靜琬僧人親自手刻佛經，繼由唐、遼、金、元、明、清六個朝代的後人續刻，歷時千年，至 1644 年才刻完，共有 14000 多塊 3000 多卷石經。把這些石經排列開來，長達 25 千米。每一塊石經都是珍貴的國寶，展現出雄偉堅韌昂然挺立的民族氣魄，被人們譽為：「國之重寶，世界之最。」

巨人講：「普通的樹葉，因繪上佛的形象，成為稀世珍品；普通的石頭，因刻有古老的經文，成為無價之寶。」

杏兒說：「那些畫佛像刻石經的人，真了不起！」

巨人講：「是啊！他們離開了這個世界，但他們給這個世界留下了最美的東西。」巨人沉默了一會兒，又說：「小小樹葉比天大啊！」

# 31
## 奔馳的秘訣

　　巨人和杏兒走進一座紀念館，館面一幅彩色畫：濃重的雲籠罩着大地，威武的壯士田橫身着紅色耀眼的長袍，佩帶寶劍，兩手緊緊抱拳，眼睛像閃電，射出英勇堅毅的光，一派浩然正氣，挺立於天地之間。壯士含淚告別。悲壯的情景，撼天地，泣鬼神。

　　杏兒久久佇立在畫前，滾滾熱淚滴灑在腳下。啊！偉大的畫家！強烈的恨，深沉的愛，全部傾注潑灑在畫面上，有力地震撼着人們的靈魂。

　　移動腳步，眼前是一幅奔馬圖。兩匹駿馬一紅一黑，齊驅向前。紅馬四蹄騰空，黑馬雙蹄落地，鬃毛迎風揚起，長尾飄飛，引頸仰首，目光緊緊注視着前方，表現出一種勇往直前，向着目標飛奔的力量，使人昂首挺胸，精神奮發。

　　杏兒對着駿馬提問：

　　「能告訴我奔馳的秘訣嗎？」

駿馬咴咴叫着回答：

「揚蹄是前進。落蹄也是前進。」

杏兒移步向前，又是一幅畫面：

一位純真的少女，眼睛凝視着遠方，手拿簫管動情地吹奏着。淒切的樂曲充滿如泣如訴的哀思。寂靜的夜色中，簫聲更顯得幽遠深沉。少女的心聲在簫聲中迴旋，具有一種穿透心靈的魅力，把人帶入一種純真幽美的境界。

畫中的少女像是杏兒久久思念的朋友，那麼熟悉，那麼親切，又是那麼遙遠，似乎杏兒曾久久尋找她，等待她，然而，站立在她面前，又不敢走近她。

杏兒再向前看：

深沉幽暗的背景裏，挺立着一株潔白如雪的玉簪花。花朵枝葉，洋溢着一種高雅無瑕的氣質，寧靜而又深邃的意境。純淨的花朵，使人感受到蘊含着的旺盛生命力，融會成美的象徵。

一幅幅畫面，是畫家心靈的鏡子。

四季常青的松樹，伸展着茂密的枝葉，襯映着畫家的雕像。

純淨堅實的漢白玉石雕像，表現出畫家剛毅的性格和非凡的氣質。眼睛裏閃着智慧的光，使人感受到一個偉大的靈魂。

　　雕像身後暗綠色樓房裏，陳列着畫家畢生心血的結晶。一幅幅美術珍品，也是畫家奮鬥一生留下的足跡。他的聲音，他的笑容，他的愛，他的恨，他的眷戀和追求、夢想和思考、探索和實踐，一一呈現在參觀者面前。紀念館是豐富的藝術寶庫，也是人生的啟示錄。這是一座神聖的殿堂，美的祭壇。

　　巨人站在杏兒身邊，只微微閉目，輕輕點頭，一句話也沒講。

　　幾片落葉，在空中飄飛。

# 32
# 老棗樹的硬節

　　巨人和杏兒一路沉默不語，來到一座古祠的院落。

　　參天的古樹映着樸素的廳堂屋室，幽靜而又深沉。

　　巨人對杏兒講述：

　　「南宋卓越的文學家、政治家文天祥，曾囚禁在這裏。」

　　偉人的氣節，崇高的品德，感人肺腑的詩詞，融入這小小庭院的沃土中，古樹才長得那樣挺拔！它直指蒼天，一片浩然正氣。

　　一棵老棗樹，相傳為文天祥親手種植。它那堅實的樹幹像鋼柱一樣，上邊布滿了堅硬的節，刀砍不斷，斧劈不開，似乎象徵着文天祥堅貞不屈的性格：錚錚鐵骨，氣貫長虹。龐大的樹冠像蒼綠的巨傘，用力地向南傾斜延伸，彷彿凝視着南方，傾訴他對民族對國

家的忠誠和摯愛。

　　杏兒緊緊抱住老棗樹，臉緊貼着粗糙的樹皮，她好像聽到老棗樹的心臟在劇烈地跳動。

　　文丞相塑像，威武英俊，令人肅然起敬。廳堂內有宋文丞相傳石碑、石刻匾。東壁嵌有唐代大書法家李邕書《雲麾將軍李秀碑》斷碑和礎石。室內屏風正面為文丞相詩句：「人生自古誰無死，留取丹心照汗青。」背面為文丞相所着《正氣歌》全文。

　　丞相囚在土牢四年，留下 302 字的《正氣歌》，民族英雄血濺柴市，堅貞不屈。

　　杏兒一遍又一遍朗讀《正氣歌》，牢記在心中。

　　老人講：「記住《正氣歌》，使你骨頭硬，身子直，腳步穩。」

　　杏兒點頭。她把石碑樹立在自己心中。

# 33
## 會講話的石頭

巨人對杏兒講：

「你見過有生命的石頭嗎？那動人心靈的石頭羣還會講話哩！讓我帶你去看看。」

杏兒緊緊跟在巨人的身後。

一條僻靜的路延伸向前，直通向一座古寺。寺內空闊的院落中，排列着許多大大小小的石頭，它們記載着古人的功績，歷代的聖旨，各朝重要的國家大事，以及令人深思的墓誌銘。碑體莊嚴肅穆，有的石碑坡面雕刻了形象生動的十二生肖圖，有的碑頂刻有生動的蟠龍。

東漢時期的石闕，丈余高的石柱上雕刻着縱棱，柱頂刻有動物的形象及生動的文字。想當年，它矗立在名門貴族王公墓前，像守陵的衛士，曾有多麼氣勢非凡。

刻有佛足的石碑前，留下了多少佛門弟子的腳印和虔誠的膜拜。長達一尺八寸的佛足，象徵着佛的威

嚴和徹悟，曾給予多少弟子以啟示和慰藉。

由石屋石獸組成的墓地陪葬石刻羣，以及圓雕浮雕，莊重的碑林，展現出秦漢以來的文化和藝術，特別是漢朝的無字碑，更是別有一番境界，引發人們的想像，啟迪人們的深思。

巨人問：「你聽到石頭講的話了嗎？」

杏兒搖搖頭。

巨人說：「孩子，你要學會聽懂沒有聲音的語言。」

巨人撫摸着石碑石柱，慢慢地說：

「這冰冷的石頭，講述了過去的歷史，人們的功過是非。在這裏，後人可以尋找自己的腳印。」

杏兒還不大知道這些石頭的分量。但那無字碑，卻引起她許多遐想。

「孩子，你再仔細看這裏的石碑。」

巨人講完，領杏兒走進一座宏偉的三進院落。這是孔廟，是元、明、清三代皇帝祭祀孔子的地方。聖殿雄偉莊嚴，令人肅然起敬。寬闊的庭院氣勢非凡。198塊石碑林立，按元、明、清三代排列整齊，歷年考中進士的英才，他們的名字、祖籍、名次都刻在一

方方石碑上。這沉默的碑林，記載着一代又一代博學之士人生道路的起點，也展示了他們一生的榮與辱、功與過、發達與沉淪，以及歷史的無情裁判，值得後人深思，也引出許多慨歎。

大成門內懸掛着一鐘一鼓。大成殿月台前一棵古老的柏樹，人稱「觸奸柏」。傳說奸臣嚴嵩曾代替皇帝來祭孔聖人，行至古柏樹下，一陣旋風刮掉了他的烏紗帽。很快，此事傳開來，人們都說古柏有靈，能辨忠臣和奸佞，稱古樹為「觸奸柏」。

杏兒仰望古柏，撫摸殘破的石碑，凝神不語。

巨人沉重的聲音，彷彿敲擊在石碑上的回音：「漫長的歲月，雨雪風霜，毀壞了碑石的邊角棱面，但磨不掉它的真正價值。它蘊涵的哲理，在歷史的長河中閃耀光輝。它的啟示，將刻印在一代又一代人的心上。」

巨人看了杏兒一眼，又說：

「多少人在石碑前一遍又一遍地默讀，每個人有自己的感受，人們是在閱讀歷史的見證，尋找歷史的腳印。」

似乎怕驚擾了碑林的沉靜，杏兒悄聲問：

「為什麼那些值得人們懷念和尊敬的古人，都活得那麼苦那麼難？」

「不只是在古代，志士們的道路艱險，當今和將來也是一樣的，因為那些人活着不是為了自己，這就註定了每走一步都跋涉在荊棘和泥濘中。」

「可還是有許多人願意在艱難中跋涉，是嗎？」

「對！各個時代，都有人付出犧牲，做出貢獻，所以人類才不斷地進步，社會才不斷地發展。」

「那些只為自己活着的人呢？」

「每個人選擇自己的道路。美與醜、兇惡與善良、貪婪和自私，交織在一起，構成整個的社會。孩子，不能幻想世界上一切都是美好的，那樣，你就會失望。但你要相信：美好的東西，是會永遠存在下去的。在任何逆境中，都要相信這一點。醜惡的東西並不可怕，可怕的是被醜惡的東西壓倒。古代的志士們英靈長存，就因為他們雖死，也不曾為醜惡的東西壓倒。他們的精神、他們的意志，永垂人間。這是不可戰勝的力量。」

杏兒點點頭。

# 34
## 萬園之園的廢墟

走走停停，停停走走，路沒有盡頭。

這是殘破的名園。斷裂的古石柱，掩埋在泥土中的石基，躺臥的石碑，傾倒的石台，蒼涼而又壯觀，訴說着民族的災難，人類的不幸。它無言地敍述着歷史。

月明星稀，秋風瑟瑟，殘園中夢幻般的夜色，使人若離若失。荒草叢中，蛐蛐哀鳴，似宮女們悽楚的悲啼，她們含恨離世，在傾訴不幸的命運。

殘牆斷柱，映在月色中，更顯得蒼涼。

寧靜的福海，像明亮的鏡子，映照着天上人間。多少冤魂沉落湖底，多少怨恨埋入碧波。

這萬園之園，是聞名世界的圓明園，記述着歷史，矚目着未來，它是有力的見證。

京畿「**三山五園**」①之首的名園，巨大的建築藝

---

① 三山五園：是對北京西郊沿西山到萬泉河一帶皇家園林的總稱。包括：暢春園、圓明園、香山靜宜園、萬壽山清漪園等皇家園林。

術寶庫今何在？園中稀世珍寶今何在？歷代藏書名畫今何在？……只剩下「舍衞城」的舊牆遺跡，孤零零地憑弔帝王時代的消逝。與「舍衞城」隔湖相對的「文源閣」，曾為七大皇家藏書閣之一，珍藏過康熙《古今圖書集成》和乾隆《四庫全書》，如今，只剩下裸露的地基遺跡和傾倒在湖中的殘石。1860 年 10 月 18 日起，沖天大火燒了三天三夜。野蠻的罪行天地震驚。人類歷史記載着這一醜行。

後湖福海四十景，山、水、石、橋、畫廊、彩亭，曾目睹何等豪華場面。金樽玉杯，金盤銀碗，金壺寶盞，閃出耀眼的光輝，歡呼跪拜，何等顯赫威風！如今，都掩埋在時光的流逝中，無聲無影了。

巨人講：

「榮耀，轉瞬即逝。智慧，卻永遠閃爍着光芒。」

杏兒的腳步更加沉重。

# 35
## 酸甜苦辣是人生

　　巨人問：「你知道《紅樓夢》這部書嗎？」

　　杏兒說：「我看過電影和電視，林妹妹、寶姐姐，還有寶玉，他們的故事很有趣。爸爸有《紅樓夢》精裝書，厚厚的三大本，還有彩色插圖。我有一套《紅樓夢》的郵票，林黛玉最美。」

　　「老畫家也曾畫過紅樓夢中的人物，畫了好多年。據我所知，好多畫家畫林黛玉，而每位畫家畫出來的黛玉都不一樣。」

　　杏兒好奇地問：「這是為什麼？」

　　「因為，畫是畫家心中的歌。同一首歌，每個人唱出來各不相同。所以，你畫畫兒的時候，不要想別人怎麼畫，只要把自己心裏想畫的都畫出來，畫到滿意為止，這是成功。」

　　「寫書也是這樣嗎？」

　　「對。你知道《紅樓夢》是誰寫的嗎？」

「不知道。」

「是曹雪芹寫的《紅樓夢》。他耗盡了一生心血，寫成這部偉大的作品。人們稱他千古才子。我們去看看曹雪芹紀念館，可以幫助你了解這位偉大的作家。」

「曹雪芹的家像王宮一樣漂亮，是嗎？」

「民間流傳曹雪芹的故居是『門前古槐歪脖樹，小橋溪水野草麻』，讓我們去找那古槐樹。」

寂靜的小路上，前無行人，後無旅者，只有小鳥偶爾飛過。蛙兒不鳴，蟬兒不叫，路邊的青草懶懶地彎着腰。

巨人指着前方，説：

「你看，到了。」

紀念館坐落在蔥郁的西山下，北靠卧佛寺古廟，西望鬼見愁峯巒。低矮的舊院牆圍着一座四方小院，門外三棵大槐樹，槐花飄飛，滿村清香，滿地落花。進院門過影壁，一排清代舊式民舍，樸素潔淨，窗明几淨。

走進屋門，土坯火炕上兩個坐墊對着木桌。小小方桌，你目睹過曹雪芹撰寫的《紅樓夢》手跡。從老

人筆下流出多少驚人妙句？老人曾灑下多少辛酸的淚水？炕桌已舊，孤零零地望着空寂的小屋。杏兒悄聲問：

「多少年，你陪伴老人，書寫閱讀，夜以繼日，你最知道老人的心。請告訴我，你認為最可貴的是什麼？」

「貴在保持本來的樣子，不變形，不粉飾。」

「你喜歡自己殘舊的面目？」

「這是我本來的樣子，樸素而又自然。這是我原來的位置，合適而又恰當。我從不奢想擺入高堂，更不想描金塗漆裝飾。」

「可你現在是珍貴的文物。」

「如果改變了我原來的樣子，我本身就沒有任何意義了。」

杏兒點點頭，環視屋內笨重的大木櫃，裏邊藏着多少可歌可泣的故事；簡陋的書箱，曾盛滿那些傳世的文章。

牆上掛着兩隻風箏，它曾幻想展翅翱翔在高空；如今顏色已褪，默默地固定在土牆上。

「這是什麼？」

巨人説：「這是寶玉、黛玉一起嬉玩的九連環。」

啊！它曾串聯着多少歡聲笑語？

擺放的精緻的杯碗壺盤，曾盛滿多少哀愁癡情、泣淚悲歡！當年的榮華，往昔的風雲變幻，都在這裏悄悄留下了記錄。

巨人和杏兒細看這裏的一磚一石，一景一物，對它們蘊含的人生哲理，領悟在心。

杏兒倚門凝視小屋，輕聲問：

「古老的房子，你能告訴我什麼？」

「酸甜苦辣都是人生。」

小小院落，普通房舍，石牆土炕，曾與曹雪芹共度悲苦生涯，留下了感人的巨著。

杏兒將離去，回首望，雙燕停落屋簷，輕聲呢喃，彷彿寄語小姑娘。

「孩子，詩書琴畫，相融相通。行萬里路，讀萬卷書，為人為畫，受益無窮。」

巨人語重心長地説。

# 36
# 鐘王的話

　　這是世界鐘王。1420 年鑄成。高 6.75 米，直徑 3.3 米，重 46.5 噸。更為珍貴的是，大鐘鑄滿經文，23 萬個字工整勻稱地排滿鐘身，一字不多一字不少，字距行距似天然形成，完美無缺。字體瀟灑，堪稱書法藝術之瑰寶。更為奇特的是：鐘鳴自然成調似樂鐘，由鐘壁厚度的不同形成音階，發出悅耳的樂音，洪亮的鐘聲能傳 30 公里遠，餘音可達 75 秒。大鐘樓上圓下方，象徵「天圓、地方」，矗立在巨大的青石基上。

　　鐘王的鑄造工藝，更是堪稱一絕。鐘身莊重雄偉，鑄字精巧雋秀。巨大的鐘體，由一根一米長、六釐米寬的銅穿釘懸掛，幾百年穩穩當當，身居當空，彷彿沉默的巨人。

　　這永樂大鐘，曾為神聖的佛鐘和朝鐘。這鐘王俯覽歷史，展望未來，放射着人類智慧之光，展現一個偉大民族的精魂。

杏兒面對雄偉的大鐘，仰面問道：

　　「大鐘，你巨大完美，成為鐘王。請問，你能告訴我些什麼？」

　　大鐘洪亮的聲音在鐘樓內迴盪：

　　「人們稱讚我巨大完美。可我原來只不過是九萬多斤碎銅。經過熔煉、澆鑄，按照嚴格的模式凝固成型，才成為現在的大鐘。」

　　杏兒說：「鐘王，你真了不起。」

　　大鐘說：「了不起的是那些鑄鐘人。他們的生命，他們的智慧，熔鑄在我的完美中。」

　　杏兒點點頭，自言自語地說：

　　「那完美的東西，眼睛看不到，但它存在⋯⋯」

　　巨人笑笑：「美好的心靈，才能發現美好的事物。」

# 37
# 只是沒有
# 真正的快樂

　　這是輝煌的帝王宮殿，稱為故宮。護城河環繞的紅牆裏，15 萬平方米的建築羣，9900 多間房屋，佔地面積 72 萬平方米。朱紅色的宮門，鑲嵌着金光閃閃的銅釘，門板厚重，關門時沒有絲毫縫隙。青磚鋪地，雕龍漢白玉石階，金鑾寶殿裏盤龍大紅柱巍然挺立。

　　這是皇帝走過的路，稱紫陌，每一個腳印，留下了多少愁？多少怨？多少惱怒？多少雄心大略？多少陰謀毒計？

　　這高大的宮牆，隔斷了平民百姓的生活，皇帝看不見他們的疾苦眼淚，聽不見他們的哭訴哀求、呼聲吶喊。護城河水清悠悠，隔斷了通向民間的路。這裏雖是人間，卻超離人間。皇帝如同神仙，卻要掌管人間俗事。

　　金碧輝煌的皇宮，人稱紫禁城。東西南北四座宮

門：面南午門，正北神武門，東為東華門，西為西華門。城牆四角各有一座精巧別致的角樓，九樑十八柱，縱橫相接，多角交錯，十二條脊銜連，堪稱巧奪天工。角樓巍然轟立在高大的宮牆上，頭頂藍天，俯覽四方。宮牆外綠色環帶護城河，清水悠悠，護衛着雄偉壯麗的皇宮。

皇宮內前部三大殿：太和殿、中和殿、保和殿，東側文華殿，西側英武殿，組成外朝。太和殿人稱金鑾殿，坐落在八米高的三層石台基上，殿高入雲，金扉、金鎖窗，樑柱貼金璽彩，金蟠龍吊珠藻井，殿中19條金龍圍繞的寶座，顯示皇帝至高無上的尊嚴。

太和殿曾為皇帝登基大典、舉辦壽慶、冊封皇后、重要節日慶典活動之處，昔日文武百官朝拜，赫赫盛況，載留史冊。昔日490年中，明、清兩代曾有24位皇帝在這裏登基。

養心殿在西六宮南面，慈禧太后曾在這裏垂簾聽政48年之久。六歲繼位的同治皇帝，在這兒度過了他艱難的歲月。

宮牆內，前宮、後宮、東宮、西宮，富麗堂皇的

宮殿裏，奇珍異寶，光彩奪目。晉、唐、宋、元、明、清，各朝歷代名人字畫、石刻木雕、碑帖、印璽，輝煌燦爛，映照古今。

杏兒問巨人：

「皇宮裏這麼多奇珍異寶，請告訴我，最珍貴的東西是什麼？」

巨人講：

「最珍貴的東西不是金，不是玉，不是珠寶。最珍貴的東西是字畫。金絲織就鑲滿寶石的金冠鳳冠雖然貴重，還可以重新製造，金銀珠寶可以失而復出。而珍貴的字畫，卻不可能有另一個真品。」

杏兒又問：

「皇宮裏，皇帝想要的東西都有，是嗎？」

巨人說：「只有一樣東西沒有，真正的快樂。」

杏兒問：「為什麼？」

巨人講：

「真正的快樂，不能用金錢和權力得到。」

巨人歎口氣，接着說：

「榮華富貴和至高無上的權力，總是短暫的。它

們常常伴隨着悲哀和不幸。」

　　杏兒説：「快樂，勝過一切珍寶。」

　　巨人點點頭，説：「孩子，你擁有世上最珍貴的東西，快樂，你是幸福的。」

　　杏兒參觀遊覽的歷程，也是她人生起步的歷程。翹首仰望，好像有一架看不見的雲梯，吸引着她向上攀登。

# 38
# 告別

　　瀏覽了一個又一個藝術寶庫，心中成了藝術珍寶的殿堂。興奮使杏兒忘了勞累饑餓，她和巨人匆忙休息片刻。

　　「天哪！」

　　杏兒發出一聲尖叫，從坐着的石凳上跳起來，像給馬蜂蜇了一樣。

　　「怎麼了？」巨人急切地問。

　　杏兒舉着一張撕破的報紙讓巨人看。那是什麼人包東西用過的報紙，隨手扔在石凳上的。

　　巨人接過廢報紙來，只見報上的一角，刊印着醒目的標題：「名畫失盜案，法院近日將進行審理」。

　　「這是今天的報紙。我必須立刻回到畫面上去！」巨人扔下報紙就走。

　　「都是我惹出來的禍，我要去作證……」

　　杏兒難過地説。

巨人轉過身來，溫和地說：

「不用擔心。只要我回到畫面上，一切問題就都解決了。孩子，你也該回家了。原答應帶你去看雲水洞的，只得取消了。以後，你會有機會去看的。讓我們告別吧，願你永遠保持這顆淳樸的心。」

「老爺爺，還能再見到你嗎？」

杏兒依依不捨地望着巨人。

「恐怕很難。從此以後，老畫家不會再把這幅畫拿出來了。經過這場驚險，估計也不會再有展出這幅畫的機會。」

「我會想念你的，老爺爺。」

杏兒眼中湧出淚水。

「孩子，記住：畫兒能唱出你心中的歌。」

巨人看了小姑娘一眼，轉身離去了。那巨大的身影，堅實有力的腳步，閃光的話語，永遠留在杏兒的記憶裏。

夜色朦朧，遠近錯落的燈，夜空閃爍的星，相互對望，天上人間，萬籟無聲。微風吹過，樹影搖動。彎彎曲曲的路向前延伸。杏兒結束了夢幻般的旅程，

返回她所熟悉的世界，她覺得又悲傷又快樂，彷彿丟失了什麼，又彷彿得到了什麼，但她卻不再懼怕什麼。

巨人去了，一幅會唱歌兒的畫像卻永遠刻印在小姑娘心中。那歌兒沒有聲音，卻很美，很豐富，很感人。

寂靜的路上，閃動着杏兒的身影。她仰起頭，望見家中的樓窗。温柔的燈光在召喚她，使她心中湧起一股暖流。那可愛的房子裏，有親人在盼望她，心和她緊連在一起。這是她從前不曾體會過的。親人們雖然有這樣那樣的不是，做出了許多使人煩惱的事，但都是愛她的。經歷了種種艱辛以後，了解了廣大的世界，她對温暖的家和親人充滿了感激之情。對學校裏的一切，包括那些曾使她不愉快的小伙伴們，也滿懷想念之情。

世界是豐富而又複雜的，美和醜交織在一起。收穫是在不懈的追求中。快樂使人成長，悲哀使人成熟。杏兒微笑着走向未來。

她牢牢記着：「畫兒唱出心中的歌。」

中國兒童文學名家精選（第二輯）

# 會唱歌的畫像

作　　者：葛翠琳

責任編輯：趙慧雅

美術設計：蔡學彰

出　　版：新雅文化事業有限公司

香港英皇道 499 號北角工業大廈 18 樓

電話：(852) 2138 7998

傳真：(852) 2597 4003

網址：http://www.sunya.com.hk

電郵：marketing@sunya.com.hk

發　　行：香港聯合書刊物流有限公司

香港新界大埔汀麗路 36 號中華商務印刷大廈 3 字樓

電話：(852) 2150 2100

傳真：(852) 2407 3062

電郵：info@suplogistics.com.hk

印　　刷：中華商務彩色印刷有限公司

香港新界大埔汀麗路 36 號

版　　次：二〇一九年四月初版